Cormes, La Bocca
Mars/02

AMOUR... AMOURS...

Marie Cardinal est née le 9 mars 1929 à Alger. Père indus-
triel. Etudes secondaires et supérieures, moitié à Alger,
moitié à Paris. Baccalauréat de philo à Paris en 1945.
Licence de philosophie à Paris en 1948. Diplôme d'études
supérieures de philosophie sur « Philon d'Alexandrie ». Prépare l'agrégation, mais se marie en 1953. Trois enfants.
Professeur de philosophie à Salonique, Lisbonne, Vienne et
Montréal de 1953 à 1960. Puis arrête sa carrière profes-
sorale. Journaliste freelance, donne régulièrement des
articles dans différents hebdomadaires tels que *L'Express*,
Elle, etc. Marie Cardinal est l'auteur de nombreux romans
qui, tous, ont obtenu un très grand succès; citons, notam-
ment, *La Clé sur la porte, Les Mots pour le dire, Les Grands
Désordres, Comme si de rien n'était, Les Jeudis de Charles et
de Lula*, 1993 et d'un essai-théâtre, *La Médée d'Euripide*
(Grasset, 1987).

Paru dans Le Livre de Poche :

MARIE CARDINAL

Amour... Amours...

ROMAN

GRASSET

Le fauteuil de jardin est là, le muret est là, la table pour le plateau du petit déjeuner est là. Les branches des marronniers, les oiseaux, la colline au loin, le ciel, la paix, la beauté, tout est là. Tout est là sous la tonnelle des bignonias où Lola s'installe le matin quand il ne pleut pas. Elle se niche là. Elle regarde.

Elle regarde ce qui est devant elle et aussi ce qui est en elle. Jour après jour elle s'y perd.

Ce matin il ne pleut pas et pourtant elle n'y va pas. Elle est dans la maison, assise devant le téléphone, une carte de visite à la main : *Louis Bédard, entrepreneur.* Elle veut prendre l'appareil, ne le prend pas. Elle hésite. Finalement elle compose le numéro.

— Allô, Monsieur Bédard ? C'est Madame Lavoie... Vous vous souvenez, je vous ai parlé de ma tonnelle... oui... oui...

Je sais qu'elle est en mauvais état... Quand pouvez-vous venir? Pas avant! Vous ne pouvez pas avant?... Bien... Bien... Alors à bientôt. Au revoir Monsieur Bédard.

Elle est agacée. La conversation avec l'entrepreneur l'a contrariée. Le ton de cet homme! « C'est que je n'ai pas que ça à faire... Vous auriez pu m'appeler cet hiver... En plein été! Vous vous rendez compte! » Elle s'est sentie coupable. Elle est idiote. Après tout elle est chez elle ici, elle a le droit de faire ce qui lui plaît.

Lola sait depuis longtemps que la tonnelle ne tient pas. Depuis longtemps? Elle le sait depuis toujours. Quand elle a acheté la maison elle le savait. Pourtant c'est en partie à cause de la tonnelle qu'elle a désiré vivre là. Pourquoi?

Elle se lève, prépare son plateau : la théière, la tasse, du citron. Elle sort. Elle va sous la tonnelle, met le plateau sur la table, verse le thé dans la tasse, s'assied dans le fauteuil de jardin, pose ses pieds sur le muret qui borde la terrasse. Elle reste immobile, longtemps. Elle regarde. Que regarde-t-elle? Les écorces, les feuilles, le sol, le fané, le flétri, le vivant, le naissant, le mourant, le nécessaire, l'inutile. Elle regarde tout ce qu'elle peut voir dehors. Dedans, dans sa tête, à l'intérieur de son corps, elle regarde inlassablement l'amour et le désamour, inlassablement. Comme une rengaine les mêmes histoires, jusqu'à ce qu'elles soient usées, qu'elle n'en ait plus le désir. Alors elle attend que naisse le désir de les revoir encore, de se les raconter encore.

Voilà.

Elle s'en va, elle fait le vide, elle fait le noir, c'est dans l'obscurité qu'elle voit le mieux. Elle voit des images qui animent sa réflexion. C'est par les images qu'elle réfléchit. C'est à travers ce qu'elle voit, ou ce qu'elle entend, ou ce qu'elle sent, qu'elle pense...

Elle s'en va. Elle est partie...

Elle est sur le pont d'un paquebot, le paquebot *El Djezaïr*, elle a son enfant nouveau-né dans les bras, une petite fille. Elle regarde la ville qui s'éloigne. La ville comme une sultane allongée au bord de l'eau. Elle voit sa tête : la casbah. Elle voit ses épaules : El Biar. Elle voit ses hanches : le Clos Salembier. Elle voit ses pieds nus cachés dans les verdures du Caroubier. Il est dix heures du matin, Alger porte déjà le voile blanc des brumes de l'été.

C'est sa ville, elle y est née. Elle s'amuse à deviner, dans l'amoncellement des constructions : là sa maison, ici son école, dans ce bosquet le premier baiser, dans cet espace jaune l'université, et, en bas, dans cet immeuble, son père est mort.

Le bateau s'éloigne, contourne l'amirauté, prend le large. Saint-Eugène : le cimetière grimpe les escarpements de la côte, on dirait qu'il sert d'oreiller à la ville alanguie. Son père, sa sœur, les autres, ils veillent là, sous des dalles de marbre ; ils garderont Alger la blanche pendant l'absence de Lola.

Elle ne sait pas, ce jour-là, qu'elle ne sera plus jamais chez elle ici, dans ces rues, dans ces jardins, où s'est composée son âme, où s'est constitué son esprit, où s'est formé son corps. Elle ne le sait pas.

Sa ville, un amoncellement de cubes blancs. Le soleil la rendait éblouissante quand il la frappait de plein fouet, le matin, à son lever.

Vers midi, quand le soleil la contournait et la prenait de côté, apparaissaient son fermenté, son écailleux et aussi son âge et sa nationalité. Elle était de la Méditerranée, elle datait du XIXe siècle. Sauf son âme, la casbah, qui était très ancienne, toute petite, ramassée sur son secret, et toujours blanche dans ce qu'elle laissait voir. A part ça, sa ville était française, ça se voyait aux inscriptions gravées sur les frontons des édifices publics et des monuments, ça se voyait aux drapeaux bleu blanc rouge. Mais elle aurait pu être italienne, ou égyptienne, ou espagnole, ou grecque. D'ailleurs aujourd'hui elle n'est plus française, pourtant elle est pareille, elle n'a pas changé.

Le soir, quand ses gradins s'allumaient, on aurait dit un brasier qui couvait sous la nuit, elle était somptueuse.

Elle était très belle comme le sont certaines personnes qui, en détail, sont pourtant dépourvues de beauté. C'était l'ensemble qui était beau, sa structure en amphithéâtre, la courbe de son corps allongé qui tenait la mer embrassée. Elle avait la beauté des ports, elle en avait aussi la saleté et l'odeur. Les ports de la Méditerranée sont des villes gourgandines qui puent le foutre et le patchouli. Toutes elles ont accueilli des corsaires et des conquérants lubriques. Leurs amants sont morts, elles vivent...

Lola, quand elle s'installe le matin sous la tonnelle, rêve souvent de sa ville et d'autres villes qu'elle a connues. Pourtant, elle n'aime rien de l'urbanité, ni les passages cloutés, ni les convenances obligées. Mais elle est consciente d'appartenir à la planète Terre qui aura bientôt sept milliards d'habitants et qui ne sait qu'en faire : une chienne pleine de puces...

Une ville, un ensemble de cellules, un organisme, un corps avec ses centres nerveux et son cœur. L'eau de la ville, l'électricité de la ville, parviennent jusque dans les campagnes, comme si elle voulait assurer du bout des doigts son emprise équivoque, caressant la campagne pour mieux la tenir captive.

La ville avec la mémoire du peuple pour mémoire. Elle-même, elle n'a pas de mémoire, la vie et la mort n'ont aucun sens pour elle. Elle est tout entière artificielle, elle est un masque, une chimère. On la veut belle, on lui offre des palais et des villas « mon rêve ». On la veut propre et saine, on repousse ses bidonvilles jusque dans la campagne, on lui paie des égouts et des fosses septiques. Mais où iront les déchets atomiques ? Peut-être dans l'espace là où il n'y a plus de terre. Pour lui faire une couronne d'ordures ?

Où, quand, existeront les constellations de la merde ? Dans cent ans ? dans vingt ans ? Plus tôt que ça ? Bientôt ?

Nos villes, nos bien-aimées, nos enfers, nos écrins, nos prisons, nos bals.

La rue de l'école, la rue de la maison, la rue du marché, la rue du premier baiser, le carrefour de l'amour, le square des amants, la place de la famille, les bars des tempêtes, la route de la campagne, l'allée du cimetière.

Lola pousse un soupir, presque une plainte.
Ma ville, mon berceau, ma belle parfumée d'épices et de pisse...

Elle lève la tête. Elle regarde les fleurs des bignonias : des trompettes rouge corail, trois ou quatre ou cinq, en éventail, au bout des branches, comme des doigts. Elle s'y attarde. Puis elle glisse son regard jusqu'à l'armature métallique de la tonnelle. Elle sait exactement ce que ses yeux cherchent : les jointures, les angles, les volutes du fer forgé dans les coins. C'est rouillé à mort, ça ne tient plus, ça s'affaisse par endroits sous le poids des branches, des feuilles, des fleurs.

Elle se redresse. La tonnelle est perdue, elle ne veut pas le savoir. La tonnelle est perdue, elle ne va pas en faire un drame. Elle se lève, entre dans la maison, allume la radio : de la musiquette. Elle cherche. Partout de la légèreté, du facile, du gentillet, quelque chose pour aider les ménagères à passer l'aspirateur, à faire la lessive. Elle décide que cela ne l'empêchera pas de penser.

Elle retourne au fauteuil, allonge ses jambes, pose ses pieds sur le muret. Dans les sureaux, en bas, la poule faisane criaille pour appeler ses petits. Lola en a vu sept, l'autre jour, qui traversaient le chemin. Son fils dit qu'il y a dix petits. Elle n'en a vu que sept, c'est déjà beaucoup.

Les enfants...

Elle n'aime pas penser à ses enfants. Elle les a voulus, elle n'a pas su s'y prendre avec eux, ils se sont éloignés d'elle. On pourrait raconter sa vie de cette manière. Maintenant elle est à la retraite, seule. On pourrait dire ça.

Avant, elle se promettait : « Quand je serai à la retraite, j'écrirai. » Elle voulait écrire comment elle a désiré ses enfants, comment elle les a aimés, comment elle s'est battue pour qu'ils ne manquent de rien. Ce n'était pas difficile. Elle travaillait, elle enseignait, elle corrigeait ses copies le jour, la nuit elle préparait l'agrégation. Ce n'était pas difficile. Ils étaient là tous les trois, beaux, en bonne santé. Ils sont partis. Elle les voit peu. Elle ne sait pas pourquoi.

Elle voulait écrire ses passions, ce geyser qui est en elle. Au lieu de ça apparaissait dans ses pages une eau de fête foraine, dressée, tenant en l'air trois balles de ping-pong. Elle imaginait des récits qui n'étaient en fait que des aveux distillés, passés au peigne fin, architecturés, déguisés, un peu pour ne pas se blesser, beaucoup par décence et pudeur, par honte aussi et par condescendance. Au lieu de s'ouvrir, elle se bâillonnait. Elle a relu la cinquantaine de pages qu'elle avait rédigées, elle les a trouvées correctes, insignifiantes, nulles.

En ce moment elle n'écrit pas. Elle est devant un mur. Elle se dérobe devant un obstacle. Elle en est consciente... Elle ne veut pas parler du père, du mari, de l'homme. Elle refuse d'écrire sur ce sujet. Pourquoi ?

Souvent elle pense à Clytemnestre. Il y a plus de quarante ans que cette reine vit dans sa tête. Depuis le lycée quand sa classe avait monté *Iphigénie*. Ensuite elle a étudié cette pièce, elle l'a enseignée. Pourquoi cette femme a-t-elle fait tuer son mari ? On dit que c'est par goût du pouvoir, pour installer son amant sur le trône. On dit que c'est par jalousie, à cause de Cassandre. Lola pense que Clytemnestre haïssait Agamemnon parce qu'il avait sacrifié aux dieux le corps de leur fille Iphigénie. Pourquoi a-t-il commis ce crime? Simplement pour que le vent se lève, qu'il lui soit favorable, qu'il gonfle les voiles de sa flotte. Le cadavre d'Iphigénie offert aux dieux en échange de la gloire. C'est insoutenable. Que les dieux acceptent ça, pourquoi pas, c'est leur affaire; mais qu'un mortel le fasse, même symboliquement, c'est monstrueux. Lola pense que le sacrifice d'Iphigénie est une raison suffisante pour que Clytemnestre tue Agamemnon.

Elle regarde les montants rouillés de la tonnelle; ils ne vont pas tarder à céder...

Clytemnestre est morte. Ensanglantée. Et, avec elle, le fil qui va d'un mot à un autre mot, d'une page à une autre page. Pourtant elle est morte sans que le mot FIN soit jamais écrit. Son histoire flotte, embaumée ou empestée d'une génération à une autre génération. Son nom, navette de chair et de passion, tisse l'interminable linceul de cette femme inconnue.

Donc, Clytemnestre a expiré dans le temple en ruine de Zeus. Assassinée. Assassinée par ses enfants parce qu'elle avait fait tuer leur père. Les mouettes ont attendu le départ du fils et de la fille, puis elles sont venues. Elles ont plané d'abord au-dessus du lieu, poussant leur cri exigeant. Elles se sont posées, après, sur les pierres et le sol, déambulant sérieusement à petits pas pressés, écarquillant leurs yeux, prudentes, décidées à défendre leur territoire et, apparemment, indifférentes au corps abandonné de la régicide. Puis l'une d'entre elles, à la suite d'un vol très bref, s'est posée sur l'autel. Peut-être possédait-elle un pouvoir spécial mais rien, ni dans son plumage, ni dans sa corpulence, ne l'indiquait; c'était une mouette banale, anonyme. D'autres l'ont suivie, deux ou trois, pas plus. Elles se tenaient immobiles, parfois piétinaient. Celles qui étaient restées au loin semblaient s'impatienter : elles piaillaient plus fort, souvent elles ouvraient leur bec et battaient l'air de leurs ailes un instant déployées. Jusqu'à ce que l'une d'elles abandonne le chapiteau brisé, à moitié enfoui dans le sable, qui lui servait de perchoir, et vienne, après un long vol circulaire, se poser en souplesse, au ralenti, sur la poitrine de Clytemnestre. Dominant ainsi toutes les autres, même celles qui étaient déjà sur l'autel.

L'œil rond, les pattes, écartées et courtes, sortant comme deux bâtons raides de la boule de plumes lisses de son corps, stupide, prétentieuse, elle ne bouge pas. Tout s'immobilise, comme si son comportement servait de modèle à ses sœurs. Tout reste comme ça, en suspens, un long moment. Jusqu'à ce que, brutalement, elle avance et donne un coup de bec précis dans la profonde entaille que Clytemnestre a à la gorge. Encore deux ou trois coups de bec et la mouette détache un morceau de chair qu'elle brandit et, après quelques ajustements, qu'elle avale en soulevant la tête et en faisant aller son jabot de bas en haut.

C'est le signal de la ruée vers le banquet, la ripaille. On ne voit plus rien du corps de la reine, elle n'est qu'un amas d'oiseaux piaillant, se chamaillant, criaillant. Les mouettes resteront longtemps à manger, puis, repues, elles abandonneront la charogne.

Encore ces images ce matin. Pourquoi ajouter des détails à chaque fois, multipliant des visions répugnantes, transformant le rêve en cauchemar, faisant perdre au songe ses qualités : son vague, sa rapidité, sa volatilité, noyant ce qu'il a de plus important, sa signification, dans l'odeur du sang, dans la fétidité des viscères, dans la matière visqueuse des globes oculaires, revenant sans cesse aux mêmes laideurs : la face de Clytemnestre vidée de ses yeux, privée de ses lèvres, découvrant ses gencives plantées de dents, ses pieds intacts avec la corne épaisse de celle qui ne ménage pas ses pas. Propres, brossés et lavés le jour même.

Lola regarde ses pieds. Elle porte de vieilles espadrilles bleues dont la semelle de corde se hérisse en épis. Elle est bien chaussée comme ça... Elle a de grands pieds pour une femme : elle chausse du 42 ; elle sait ce que c'est que d'avoir des ampoules... Elle ne s'en plaint pas, au contraire : elle aime être différente. Elle ne sait pas si elle est née comme ça ou si elle est devenue comme ça. La mère de Lola, qui avait un goût prononcé pour le vocabulaire médical, se plaisait à raconter la naissance de sa fille : « Lola est née en "occipito-sacré", le menton en avant, toute la longueur de sa face en premier. C'était horrible, j'ai souffert le martyre. Le professeur Benamou est arrivé trop tard. Lola était déjà passée après m'avoir complètement déchirée, je baignais dans le sang. Horrible... » Quand elle entendait cette histoire Lola ne savait pas si sa naissance était une prouesse ou un crime...

Le visage massacré de Clytemnestre s'estompe...

A sa place s'inscrit le visage d'une femme qui ressemble beaucoup à Clytemnestre. Mais ce n'est pas une reine, c'est une femme normale, une femme de la modernité. Un beau visage fatigué, vieilli.

Lola laisse l'image se préciser. L'ombre efface la tonnelle, le vallon, les sureaux, les arbres, elle fait le vide. La femme évolue dans un décor ancien que Lola connaît... Sa mère ? Non, ce n'est pas sa mère. Cette femme-là est plus forte, plus grande, elle a des yeux marron, des cheveux en broussaille, une grosse poitrine. Une sorte de Minerve. Sa mère avait des yeux verts, des cheveux tirés en chignon, de petits seins, elle avait l'air d'être en uniforme. Non, ce n'est pas sa mère. Qui alors ? Lola regarde la femme avec beaucoup d'attention. L'idée lui vient que ce pourrait être elle-même, mais ce n'est pas elle. Celle-là lui ressemble comme une sœur jumelle, une sœur différente, plus libre... Soudain Lola la reconnaît, c'est le personnage principal d'un roman qu'elle avait voulu écrire... c'est elle-même, celle qu'elle aurait voulu être à l'époque où elle a senti que ses enfants la lâchaient... Partir, laisser tomber... Le matin elle ouvrait les yeux sur un univers qu'elle connaissait par cœur... S'en aller, disparaître, comme un rêve... Elle n'est pas partie. Pourquoi ?

Elle se redresse. Pourquoi n'est-elle pas partie ? Ses enfants avaient une vingtaine d'années, elle aurait pu prendre ses distances, se délester... Elle se souvient du corps solide qu'elle avait, des envies qu'elle avait... Elle se souvient du linge sale qu'ils apportaient à la maison, de la nourriture qu'elle empilait dans le frigi-

20

daire et qui disparaissait... Pourtant ils avaient des chambres dans la ville, qu'elle louait... Oui, elle le sait maintenant, elle ne pouvait pas partir parce qu'elle n'avait pas d'argent... C'était ça le prétexte : elle ne pouvait pas partir parce qu'elle n'avait pas un sou...

C'est alors que lui est venue l'idée d'écrire son évasion, de l'inventer...

De nouveau elle voit la cour devant elle.

Elle se lève, entre dans la maison.

La radio égrène des noms, des chiffres. Les cours de la Bourse peut-être, ou alors des pronostics pour les courses de cet après-midi. Lola baisse le son. Elle ouvre son secrétaire, en tire un dossier qui contient quelques feuillets. Il porte un titre qu'elle lit à haute voix : « LOTE-RIE ». Elle retourne à son fauteuil sous la tonnelle. Elle s'installe, elle se met à la lecture :

LOTERIE

Elle avait acheté une maison dans une île de la côte ouest américaine avec l'idée d'y finir sa vie. Maintenant qu'elle est installée là, elle se demande ce qu'elle y fait, et combien de temps ça va lui prendre pour finir sa vie. Elle a l'impression qu'elle n'aura pas la patience d'attendre aussi longtemps.

Elle avait voulu ça, cette jolie maison. Deux minces colonnes de bois pour soutenir l'auvent au-dessus des trois marches du perron, la galerie couverte sur laquelle donnent les fenêtres du salon et de la salle à manger. Au premier étage, cinq fenêtres et puis, au-dessus, la pente douce du toit percée par la lucarne du grenier. Quand elle a vu la photo de cette façade, elle a su qu'elle allait y vivre.

Une grande maison, elle avait toujours eu de grandes maisons pleines. Pourtant elle aimait la solitude. Le mot solitude avait un sens particulier pour elle. Quand elle pensait solitude elle pensait à sa propre prise en charge, mais ce mot impliquait aussi l'accueil, la responsabilité des autres, le partage de ses possessions.

C'était toute une histoire pour arriver dans cette île. D'abord il fallait venir aux Etats-Unis, à Boston. Après il fallait prendre un autobus, et puis un ferry, et finalement parcourir les deux kilomètres qui séparaient la maison du port. Et comme les gens qu'elle connaissait n'avaient pas un sou et que ses enfants... oui, bon, ses enfants elle y penserait plus tard. Ses enfants lui avaient joué des tours pendables et elle ne savait pas comment s'y prendre pour penser à eux... Les enfants... Avoir des enfants et être une mère sont deux choses différentes...

Elle avait fait venir ses meubles qui étaient encore plus vieux qu'elle. En les

voyant sortir du camion, le jour de l'emmé-
nagement, elle réprimait son rire, elle avait
l'impression de leur jouer un tour, elle
croyait les entendre craquer. Il s'agissait de
meubles bourgeois, lourds de toutes les
convenances, de toute la discrétion de la
province française. Les voilà parvenus aux
Etats-Unis, eux qui avaient été fabriqués à
l'époque où ce pays était une « terra inco-
gnita » ou presque. Pourquoi les avait-elle
pris ? Pour faire des économies ? Leur
transport lui avait coûté la peau des
fesses... Enfin, bon, ça aussi elle préférait
ne pas y penser.

Ça sert à quoi de penser à ce qu'on ne
comprend pas ? Surtout quand on a essayé
de comprendre pendant des années et
qu'on n'est arrivé à aucun résultat. Elle se
disait qu'elle avait mérité tous ses échecs,
tous ses ratages, qu'elle s'y était mal prise,
qu'elle avait des progrès à faire. D'obstacle
en obstacle, avec un raisonnement pareil,
se prenant pour une niaise, une maladroite
qui faisait un mauvais usage de ses possi-
bilités, elle avait acquis une grande force.
Mais à quoi bon cette force si elle ne parve-
nait pas à se séparer de ses enfants et de ses
meubles ?... A quoi bon ?

C'étaient des idées comme ça qui lui pas-
saient par la tête depuis qu'elle était instal-
lée sur son île. Et d'abord, qu'est-ce qui lui
avait pris de venir s'installer ici ?

Pourquoi avait-elle acheté ce billet de
loterie un matin de froid où elle en avait

plus que marre, où le panier du marché lui tirait l'épaule droite, où le sac de plastique du droguiste lui sciait les doigts de la main gauche? Pourquoi? Elle s'était arrêtée au tabac pour acheter son paquet de gauloises. Elle avait dû poireauter derrière une dame qui venait échanger son billet de loterie. Une jeune femme avec des frisettes qui bavardait comme une pie borgne. Tant mieux, comme ça, elle, elle avait pu se reposer un peu. Elle avait posé le sac du droguiste sur le coffre à glaces qu'on sortait l'été sur le trottoir. Elle avait placé son couffin par terre, entre ses pieds, pensant qu'ainsi on ne pouvait rien lui voler. Elle attendait en regardant.

Une femme au zinc, délurée, parlait avec des hommes en blouse de travail. Elle les aguichait. Pas vulgaire, seulement bien dans sa peau et d'humeur rigolarde, c'est tout. Elle (elle s'appelle Eliane), Eliane donc avait pensé : « Elles sont dégourdies, les femmes, de nos jours. » En même temps, sans être indiscrète — elle était là, elle ne pouvait pas faire autrement —, elle entendait la conversation entre la buraliste et la femme à frisettes : une recette pour les ris de veau, la grève des instituteurs, une semaine à la neige pour les vacances d'hiver, dans huit jours...

... La neige, le ski, elle était allée plusieurs fois aux sports d'hiver dans sa jeunesse. Elle avait aimé ça. Et puis les enfants, la maison, pas d'argent, elle n'y

24

était jamais retournée. Elle se demande ce qu'elle ferait aujourd'hui sur des skis. Ça serait du propre ma pauvre Eliane. Et ça la fait sourire.

Il faisait chaud dans le bistro. Il était à peu près onze heures, pas encore le coup de feu, les garçons qui s'énervent, les clients qui parlent fort, comme pour s'ébrouer, pour se débarrasser de la matinée. Elle, Eliane, elle était sur une plage. Une plage avec un soleil de néon, et la fougère en pot sur l'étagère des clopes, en guise de palmier.

— Vos gauloises Madame Dussart ?

— Oui, mon paquet s'il vous plaît, et un billet de loterie.

— Ah tiens, c'est nouveau ça Madame Dussart.

— C'est de vous avoir entendue parler avec la dame d'avant, ça m'a donné envie.

— Faut tenter sa chance, on n'sait jamais.

Ça lui était venu comme ça, sans qu'elle y réfléchisse. Ça coûtait pas trop cher, elle pouvait bien s'offrir un billet pour une fois.

La buraliste avait choisi pour elle un billet avec un trèfle à quatre feuilles et un fer à cheval. Ça lui a rappelé les bons points de son enfance. Un rectangle de papier fort qui n'était pas tellement beau mais qui était précieux. En plus celui-là, le billet de loterie, il était neuf avec des coins piquants et du luisant. Tandis que les bons points, il fallait les rendre à la fin de la semaine et ils étaient tout écornés et gonflés à force d'avoir servi.

Après, elle avait gagné le gros lot. On l'avait photographiée avec la buraliste. Elle était devenue riche, d'un coup.

Une maison, oui, c'est ça, elle allait s'offrir une maison. Mais où ? Dans le Limousin ? Pourquoi le Limousin ? Sur la Côte d'Azur plutôt, à cause de la douceur du climat. Dans les Pyrénées ? Tout le monde avait des idées pour elle. Tout à coup elle était devenue importante.
Elle est allée dans une agence et c'est là qu'elle a vu la façade de la maison américaine. Elle l'a achetée.

Certains jours elle s'assied sur la galerie, elle regarde l'océan et elle se dit : « Si j'ai envie de rentrer je rentrerai, je vendrai la maison, je ramènerai les meubles... »

Lola pose les pages sur ses genoux. Elle constate à voix haute : « Ça n'a aucun intérêt. » Et elle pense : « Pourquoi sauver les meubles ? » Elle sait très bien de quels meubles il s'agit : un gros buffet, un vaisselier, une horloge, une armoire, etc. Ils sont tous là, derrière elle, dans la maison, tous « Louis XV rustique ». Elle les connaît depuis qu'elle est née, elle les a traînés partout avec elle. Des meubles de famille... de génération en génération.

Encore la famille. Les œufs fécondés au cours de secrètes fornications, dans le moelleux des lits, couvés dans des ventres ronds, éclos dans des nuits noires ou des aubes roses, avec le sang, nourris aux bourgeons de seins pleins d'un lait épais...

L'air est tiède et moite... Propice aux rencontres, propice aux unions, propice aux commencements.

Le parfum des lavandes mouillées par l'averse de la nuit est fort.

Les parfums vont avec la mémoire, ils vont avec les êtres, les lieux, les moments qui leur conviennent. La lavande va avec la grand-mère de Lola qui s'en aspergeait avant de se mettre à sa coiffure...

Lever les bras la fatiguait. Elle les avait gros et flasques ; le pointu des coudes disparaissait dans un drapé de sa peau soyeuse. Son corps était fait d'épais velours comme les cantonnières, les portières, et les rideaux de sa jeunesse. Tout en elle et chez elle, dans sa chambre, fleurait la Belle Epoque.

Elle était devant sa coiffeuse et brossait

ses longs cheveux qu'elle relèverait tout à l'heure en un chignon net.

Souvent Lola la regardait faire. Elle séparait sa chevelure en trois parts : une large zone devant, allant d'une oreille à l'autre, une autre derrière, prenant la nuque, et une troisième au centre. C'est avec celle-là — une grosse mèche — qu'elle commençait. Elle la tordait puis l'entortillait formant une sorte de macaron serré qu'elle fixait à son crâne avec deux épingles. Elle allait vite car elle n'aimait pas ne pas voir et ses cheveux de devant pendaient sur son visage, l'aveuglant. Tout de suite, elle s'emparait de ceux-ci, les crêpait, les faisait bouffer, et accrochait leurs extrémités au macaron du centre. Puis, elle prenait ceux de derrière, en faisait une torsade qu'elle repliait sur elle-même et avec laquelle elle couvrait le macaron et l'extrémité des cheveux de devant. Enfin, avec de petites épingles elle fixait soigneusement cette torsade. C'était fini, elle était impeccable. Sa coiffure était à la fois nette et mousseuse, d'un blanc magnifique.

Cela durait longtemps car lever les bras la fatiguait. En fait cela durait longtemps parce que ce moment était délicieux et parce que Lola et sa grand-mère aimaient qu'il durât.

Elle portait un déshabillé de mousseline blanche, ou rose, ou mauve; elle en avait une collection, elle appelait ces vêtements des « sauts-de-lit ». Elle possédait tout un vocabulaire désuet qu'elle employait à dessein : par coquetterie, car elle ne cachait pas son âge. Elle avait même tendance à se vieillir, elle aimait qu'on lui dise : « Vous paraissez tellement jeune. » Elle savait que personne n'usait plus de certains mots mais cela lui était égal. Ainsi elle appelait un imperméable un « macfarlane », certaines chaussures hautes des « bottines », même s'agissant de lourdes chaussures de ski, une « réquimpette » pouvait être n'importe quel vêtement avec des manches, sans manches c'était un « caraco ». De même elle était très tatillonne avec le vocabulaire des couleurs, il y avait des violets qui étaient « fuchsia » et des verts qui étaient « absinthe » ; prétendre que le fuchsia était violet ou l'absinthe verte, la faisait pousser des hauts cris. Elle ne vivait pas dans le passé, au contraire, mais son passé était présent. Un jour — c'était en 1936 — alors que sa fille — qu'elle appelait Mimi — était dans la salle de bain, dont la porte restait ouverte, et qu'elle-même lisait le journal dans son fauteuil, elle s'était exclamée :

— Je ne comprends pas tous ces conflits avec la CGT.

Sa fille, de la salle de bain :

— Qu'est-ce que vous ne comprenez pas ?

— Je connais tous ces messieurs de la

CGT, ce sont des hommes charmants. Comment peut-on entrer en conflit avec eux ?

— D'après vous que signifie CGT ?

— Allons voyons, Mimi, tu le sais bien, c'est la Compagnie Générale Transatlantique.

Mimi, scandalisée, sort de la salle de bain :

— Mais non, ce sont les communistes. CGT : Confédération Générale du Travail ! Le syndicat des communistes.

Elle a regardé sa fille avec gravité. Le téléphone a sonné, on aurait dit qu'il la délivrait. Elle a posé son journal, et :

— Allô. Mais oui, mais oui... Ahahahah... et voilà... Mais certainement... Excusez-moi chère amie, je n'ai pas le temps, j'ai le chapeau sur la tête, je m'en allais... certainement... bla di, gra vla dou, drina...

Et elle a raccroché.

— Qui était-ce ?

— Une femme que je ne souffre pas, pour le gala de la Croix-Rouge.

— Mais vous n'articuliez même pas les mots.

— Inutile, de toute façon elle ne comprend rien.

Elle faisait honte à sa famille quand elle s'adressait aux inconnus avec ses gargouillis. Lorsqu'on lui en faisait la remarque, elle répondait : « Au théâtre on appelle ça des gromelos. » Elle était théâtrale. Souvent, quand elle était debout, juste avant de se déplacer, elle ébauchait un geste du pied. C'était un mouvement qu'elle exécutait dans sa jeunesse pour ne pas marcher sur sa robe longue en dansant la valse. Elle vivait avec une traîne imaginaire et elle dansait toujours.

Le passé est antérieur, pourtant il est aussi là, au présent.

Le passé mord les orteils et tire les cheveux. Il fonctionne comme un pantin qui dresse les bras et écarte les jambes quand on actionne ses ficelles.

Lola se demande quelle est la matière d'une vie ? Simplement des faits, des dates, des noms, des événements ? Est-ce plutôt ce qui n'est pas raconté, ce qui n'est que suggéré : une lumière, une température, un instant, une seconde, des souffles, des sons, des absences de sons ? Où est-elle ? Où est Alice ? Où est celle-là qui brossait ses cheveux devant une coiffeuse ? La mort ne lui va pas. Elle n'est pas morte. Où vit-elle ? Elle vit dans la tête de Lola ?

Seulement ça, seulement cette abstraction, pas plus ? Elle n'a pas plus de corps que ça ?

Qui sait où vivent les morts.

En laissant sa brosse, parfois, Alice soupirait. Preuve que cet exercice l'épuisait ? Dans son entourage personne ne tenait compte de ses « jérémiades ». D'ailleurs elle n'aurait pas aimé qu'on s'y arrêtât. En fait, ces plaintes légères n'étaient que des ponctuations. Si la plainte se formulait finalement, devenait « Mon dieu, mon dieu, quelle histoire... » cela signifiait que le thème de la conversation ne changerait pas, qu'elle allait continuer. Mais si la plainte était accompagnée d'un geste de la main, un revers, cela indiquait que le sujet allait changer. Elle conduisait toujours, elle menait les autres sur son chemin.

Elle avait des yeux extrêmement clairs et vifs. Le bleu de son regard portait une histoire ancienne. Ils avaient les yeux sombres dans la famille de Lola et ils vivaient dans un pays où les gens avaient presque tous les yeux noirs. Cette clarté donc, cet azur à l'abri des paupières fripées d'Alice envoyaient des signaux qui venaient des siècles passés, d'un autre continent... *Nos ancêtres les Gaulois avaient les yeux bleus*... Du reste, à l'instar des Gaulois la grand-mère avait la peau blanche et ses cheveux avaient été blonds, tirant sur le roux, « auburn » disait-elle. Elle était pourtant née en 1878 sur la rive sud de la Méditerranée, comme ses parents, comme Lola, mais en elle subsistaient les balises qui ordinairement jalonnent de lointaines pistes septentrionales, des contrées étrangères où vivent d'autres peuples. Ses yeux la rendaient précieuse et rare.

Elle reposait ses bras sur son giron douillet et elle racontait. Non, elle ne racontait pas, elle contait. Il y avait une si longue distance, tant de jours accumulés entre l'instant présent de la coiffure et les événements évoqués qu'une adaptation était nécessaire, un ajustement. Non pour que sa petite-fille, puis la jeune fille, et enfin la jeune femme du xxᵉ siècle, à laquelle elle s'adressait comprît ses propos, mais pour qu'elle-même, cette dame à sa coiffeuse, pût animer des souvenirs d'un temps révolu, d'une époque où elle était enfant, et même de temps plus anciens que ça. D'où ce vocabulaire qui jaillissait parfois, portant un sens fané, parce qu'aucun autre mot ne pouvait dire un macfarlane ou un caraco. Il y avait des brodequins aussi, et même, bien plus modernes, des cosy-corners, et même, bien plus anciens, des bonheurs-du-jour...

Ses yeux, ses mots, faisaient passer Lola d'un siècle à un autre, d'un continent à un autre. Alice était intemporelle. L'âge n'avait de prise que sur son corps, pour le reste le temps était impuissant, car le rire s'était incarné en elle. Le rire. Le rire aux larmes, le rire à gorge déployée, mourir de rire, sourire, rire aux éclats, rire comme une folle, rire pour un rien. Pour elle tout était prétexte à réjouissance, même le malheur. En cas de malheur elle attrapait le fou rire. « C'est plus fort que moi, c'est nerveux », disait-elle.

Lola n'a pas vu sa grand-mère morte : « C'est dommage — lui a dit sa mère —, on aurait dit une petite fille. » Lola a pensé que sa grand-mère avait toujours été une petite fille, elle n'avait jamais perdu ni l'insouciance, ni la curiosité des enfants.

Une fille connaît-elle sa mère ? La distance est si grande entre une femme et une mère. C'est pourtant par le même chemin, celui de leur corps, que passent l'homme et l'enfant. Le sang. Le lait... Tragique. Comique. Le sang héroïque des hommes fait fleurir les coquelicots sur les champs de bataille. Le sang des femmes s'appelle des pertes... Le lait des femmes tourne, caille, comme celui des vaches...

Lola s'amuse en pensant à ça.

Elle revient à la réalité. Elle est sous la tonnelle, en Provence. Le soleil a fait du chemin dans le ciel, il doit être dix heures.

A l'intérieur de la maison, à la radio, c'est l'heure des nouvelles. Un homme parle de Lounès Matoub, le Kabyle. Il parle aussi de l'enterrement de Cheb Hasni. Il dit que la foule qui avait accompagné son corps au cimetière était immense.

Ces chanteurs morts, bâillonnés !

Dans sa tête Lola fredonne une vieille chanson : l'histoire de Djamila séduite par un homme. En l'abordant l'homme dit à Djamila : « Regarde la fleur comme elle est belle. » « Choufou l'nouar ki méziana... »

Sur le visage de Lola s'inscrit la même expression qu'elle avait tout à l'heure en regardant la tonnelle. Elle est grave. Elle pense à la guerre, à cette guerre-là : la guerre d'Algérie. Elle pense au pouvoir stupide de la France qui a poussé les uns à exploiter les autres, à les tuer. Finalement la France a perdu. Elle pense à cette juste guerre, à la victoire juste des Algériens. Elle pense que, de nouveau il y a la guerre là-bas. Elle pense à sa terre perdue... Pourtant elle sourit...

A la campagne, il y avait de la terre rouge, des rangs de vigne à perte de vue, et des jardins. Il y avait une belle maison construite par un grand-père en 1836, au temps de la Conquête, la date était gravée au-dessus de la porte d'entrée.

Ce grand-père-là, le premier, était le grand-père de la grand-mère de Lola. Il avait voulu sa maison semblable à celles de son pays natal : le Bordelais. C'était un aristocrate, un marquis. Il était tombé amoureux de la femme de son notaire, il l'avait enlevée, et il était venu se cacher avec elle dans une terre nouvellement conquise, l'Algérie. A cette époque, en Algérie, il y avait des tribus insoumises qui faisaient des « razzias », si bien que l'ensemble des bâtiments était gardé par de hauts murs et un immense et lourd portail. Cette maison fortifiée, ces murs, ce haut portail, lui convenaient. Sa femme lui a donné un fils puis elle est morte. Son fils s'est marié. Celui-ci a eu une fille, Alice, puis il est mort à vingt-quatre ans.

Le vieux grand-père était riche. A son arrivée on lui avait attribué d'immenses concessions. Puis il avait acquis des terres, beaucoup de terres, achetées pour une bouchée de pain aux tribus nomades de la région. Les années passant, le pays avait été pacifié. Les nomades étaient devenus sédentaires, ils travaillaient comme ouvriers agricoles à faire fructifier leurs anciennes terres. Les hauts murs étaient devenus inutiles. Quand Alice est née, il n'en restait que quelques pans et l'énorme portail. C'était chez elle là, c'était son pays.

Plus tard, Alice était devenue citadine.

Il fallait qu'elle aille à la ville afin de trouver un mari chrétien, et aussi pour aller à l'Opéra, pour danser, pour embarquer sur des paquebots qui la mèneraient en France, pour mettre au monde les quatre enfants qu'elle désirait avoir, mais chez elle c'était toujours la belle demeure de la campagne.

L'aînée de ses enfants était sa fille Mimi qui avait épousé, à dix-neuf ans, un homme beaucoup plus vieux qu'elle. Elle s'était mariée par orgueil avec un brillant ingénieur dont toutes les femmes de la ville raffolaient. Elle s'était mariée par bravade : ses parents ne voulaient pas de cet homme à cause de son âge. Mimi n'a pas mis longtemps à découvrir qu'elle n'aimait pas son mari et elle a demandé le divorce. La procédure du divorce était à peine engagée quand Mimi a dû admettre qu'elle était enceinte. La petite Lola est donc née en plein scandale. Dès l'âge de deux ans on l'a envoyée à la campagne dans la belle demeure de la grand-mère...

Lola dit « heureusement » à haute voix. Heureusement qu'elle a eu cette enfance. Elle aimait être là. Elle n'entendait pas les disputes de sa famille, elle ne voyait pas sa mère pleurer. Elle s'était constitué une famille.

Ses mères s'appelaient Daïba, Zorah, Fatima. Ses pères s'appelaient Barded,

Aoued, Kader. Elle avait beaucoup de frères et de sœurs, de cousines et de cousins, d'oncles et de tantes.

Elle se souvient de ses pères, de tous les hommes de la famille qui travaillaient aux champs et qui, le soir, à l'heure de la prière, quand le ciel devenait rose, s'agenouillaient, face à La Mecque, dans la terre labourée. Ils se prosternaient, se redressaient, disaient leurs prières sur les phalanges de leurs doigts, se prosternaient encore, et puis se redressaient encore. Ils étaient recueillis, parfaitement respectables. Nulle cloche ne les avait appelés, aucune arme ne les menaçait. C'était l'heure de la prière, voilà tout. Pendant qu'ils priaient, tout était calme, il ne serait pas venu à l'idée de Lola de jouer ou de crier, et pourtant personne ne lui demandait de se taire. C'était la prière, voilà tout. Allah ouakbar.

Quand le Ramadan tombait en plein mois d'août, en pleines vendanges, quand le soleil brûlait tout, que le ciel était blanc, quand les cigales, entêtantes, n'arrêtaient pas de faire aller leurs crécelles, les hommes ne buvaient pas une goutte d'eau, ne fumaient pas. Pourtant personne ne les y obligeait. Les enfants, parce qu'ils étaient petits, auraient pu boire, ce n'était pas défendu, mais ils ne le faisaient pas, par respect. Et puis la fête serait plus grande encore tout à l'heure, au coucher du soleil. Il y aurait alors plein d'eau fraîche, plein d'odeurs délicieuses, plein de gâteaux.

Elle se souvient des mains douces, rouges de henné, de ses mères. Celles-ci la consolaient, la berçaient, la soignaient, elles lui apprenaient à chanter, à danser, et à prier. Quand elle avait du chagrin, qu'elle pleurait, elles la prenaient dans leurs bras. Lola aimait leurs poitrines douillettes qui sentaient le couscous. Elles essuyaient ses larmes de leurs doigts roses. « Iebki » : pleurer, elle pleure...

Tous ils lui ont appris le respect, la générosité, l'amour. Ils lui ont appris qu'elle devait ouvrir sa porte à celui qui est perdu, dehors, qu'elle devait lui donner à manger et à boire avant de le laisser reprendre sa route.

A la campagne, la cuisine était une pièce d'angle dont les fenêtres s'ouvraient d'un côté sur les jardins, de l'autre sur la cour. Une fois par semaine, les femmes y célébraient la grand-messe du couscous.

Il y avait Zoubida, Aïcha, Fatima, les deux filles de Kader, et Lola, quand elle était petite.

Kheira, la prêtresse du couscous, avait glissé de gros livres sous les fesses des enfants, afin qu'elles soient à la hauteur de la situation. Devant les petites, vide pour l'instant, immense, la plaine blonde d'une table de chêne. Elles avaient toutes un couteau en main. Elles étaient prêtes.

Ça se passait dans des temps très anciens : dans l'enfance de Lola.

Youssef, le jardinier, déposait au centre de la table un couffin rempli des courgettes, d'aubergines, d'oignons, de carottes, de navets, de poivrons, de tomates, qu'il venait de cueillir au potager. Il y avait aussi un céleri, et un bouquet de coriandre qu'il déposait sur le dessus et dont le parfum promettait des délices.

Depuis la veille Kheira avait mis à tremper des pois chiches et des raisins secs ; de beaux raisins muscats qu'elle avait gardés des dernières vendanges. Sa mère, Daïba, tout au long de l'été, faisait sécher les fruits, c'était sa spécialité. Elle les disposait sur un fin grillage dans un coin de la cour, près de son logis. Des figues, des raisins, des petits piments verts et rouges, qu'elle surveillait avec un soin extrême : il ne fallait pas qu'ils se touchent, il fallait que de l'air passe en dessous et sur les côtés, etc. Elle les changeait souvent de place, suivant la route du soleil. Ses figues et ses raisins, bien que secs, restaient mielleux, tendres, délicieux ; ses piments emportaient la bouche.

La veille aussi, Kheira, vêtue de son haïk de soie, était allée au village, conduite par Kader, dans l'automobile de la grand-mère. Là, elle était restée long-temps chez le boucher pour choisir des plats de côtelettes et quatre colliers de mouton qu'elle avait fait couper en tranches épaisses afin que la viande ne se défasse pas en cuisant. A son retour elle avait fait zigouiller deux grosses volailles : deux coqs prétentieux.

Ce serait donc un couscous au mouton et au poulet, pour une vingtaine de personnes : les habitants de la ferme.

Au travail !

Les oignons d'abord, épluchés et coupés en rondelles. Kheira les laissait dorer dans un peu d'huile d'olive, puis elle y faisait revenir les viandes.

Les filles, pendant ce temps, préparaient les autres légumes : « Les moins juteux d'abord, et les tomates en dernier. » Les aubergines donc, en premier, sans peau et coupées en gros cubes, puis les carottes, les navets, le céleri et les courgettes, dûment pelés. Quand les légumes étaient tout jeunes, elles les laissaient entiers. Sauf les poivrons qu'elles ouvraient, qu'elles vidaient de leurs graines et qu'elles taillaient en grosses lanières. Enfin les tomates ouvertes en deux ou en quatre. Le tout versé au fur et à mesure dans les couscoussiers. Pour l'instant les viandes rissolaient. Ensuite, Kheira ajoutera le thym, le laurier, le bouquet de coriandre et elle couvrira le tout d'eau. « Ça sent bon mes enfants ! »

Déjà Kheira avait étendu sur la table un grand linge blanc sur lequel elle avait répandu la semoule sèche. Elle s'affairait, elle allait des feux à la table. Elle trempait une main dans un grand bol d'eau salée, puis, d'un geste vif et répété, elle faisait tomber des gouttelettes sur les grains de semoule « pour commencer à la faire gonfler ». Après, elle prenait la semoule à deux mains et la versait, poignée par poignée, dans les passoires des couscoussiers qu'elle juchait alors sur la vapeur des chaudrons où le bouillon des légumes et des viandes cuisait maintenant doucement. Elle couvrait le couscous avec un couvercle et, à l'aide de linges mouillés, elle calfeutrait toutes les ouvertures. « La vapeur ne doit passer que par en haut. »

Les filles nettoyaient la table, elles préparaient des bols, des récipients, des jattes dans lesquels elles mettaient les raisins gonflés et les petits piments bien pilés. « Au dernier moment on les couvrira de bouillon, ça fera la sauce forte et la sauce douce. »

Kheira, elle, avait sorti un profond bassin de bois. Le couscous avait gonflé, elle le versait dans cette jatte, il fumait, il était brûlant, il était blanc, jaune.

Lola n'oubliera jamais les mains habiles de Kheira, aux paumes roses de henné, plongeant dans la semoule bouillante, la « roulant » avec une dextérité magnifique, jusqu'à ce qu'il ne reste plus le moindre grumeau. Chaque grain se détachait. Elle la remettait sur le bouillon, pour la faire gonfler encore une fois. Elle la roulait encore une fois, y ajoutait un tout petit peu de beurre. Quand elle replaçait, pour une dernière et courte cuisson, le couscous sur la vapeur, il luisait.

Au dernier moment les pois chiches dans le bouillon. Surtout ne pas oublier les pois chiches.

La matinée entière était passée.

Alors là, on sonnait la cloche. Très vite on entendait des bruits dans la cour : les hommes rentraient les chevaux et les sulfateuses. L'oncle grimpait les escaliers quatre à quatre, en criant « j'ai faim ! »...

Lola ouvre les yeux.

Elle voit le vallon devant elle et elle a encore dans la tête le cri joyeux de son oncle dans les escaliers de la ferme : « J'ai faim ! »

Les escaliers s'effacent, elle cherche à se rappeler la couleur, les dessins des carreaux de faïence qui couvraient les marches. Elle les a perdus. Elle ne sait plus...

Lola pense qu'elle a eu la chance de ne pas être musulmane. Elle n'aurait pas aimé qu'on la marie avec un homme qu'elle ne connaissait pas. De son enfance à la ferme elle ne garde qu'un seul mauvais souvenir : le mariage de son amie Meriem qui avait treize ans.

Lola avait assisté à la toilette de Meriem. Les femmes l'avaient maquillée et habillée. Lola l'avait trouvée si belle avec son front orné de sequins d'or, ses joues rouges, ses yeux noirs de khôl, avec sa belle robe et ses jupons, il y en avait tant qu'elle était obligée de tenir les bras écartés pour ne pas froisser la soie raide qui l'habillait. Puis on l'avait revêtue d'un haïk tout neuf qui la cachait complètement. Dans la cour c'était la fête : de la musique, des chants, des danses, des youyous, des feux, le soir était tombé. A un moment elle a dû sortir avec les autres filles, les autres femmes, de la pièce où Meriem parée comme une madone était restée seule. On a fait rentrer Lola dans la maison. Elle est allée dans sa chambre qui donnait sur la cour. De la fenêtre, elle a vu arriver le mari, habillé d'une gandoura blanche, elle n'a pas pu voir le visage de l'homme. Il montait un cheval bâté d'une magnifique selle brodée. Il est descendu et il est entré dans la pièce où se trouvait Meriem. La musique, les cris sont devenus assourdissants. Peu de temps après le mari est sorti, il n'était pas jeune, il tenait à bout de bras un drap ensanglanté. Les youyous ont redoublé... Lola avait compris que Meriem n'était plus vierge et que ce sang venait d'une blessure que l'homme lui avait faite... entre les jambes...

Lola est sous la tonnelle des bignonias, elle voit les figuiers dans la pente, la haie de romarins. Décider que sa terre est là.

Elle a l'impression de jouer la comédie, d'entrer dans un personnage. Pourquoi serait-elle d'ici ? A cause du thym, des lauriers, des lézards, du soleil, de la Méditerranée ?

C'est quoi une terre, c'est quoi de la terre ?

La terre où se trouve Lola aujourd'hui est beige, gluante, il y a de l'argile dedans. Sa terre perdue était rouge, grumeleuse, avec des petits cailloux, une terre de chaleur.

Elle aime toucher la terre.

La terre : un bout de sol qu'on connaît par cœur ?

La terre : une masse ronde qui tournoie comme une toupie sur elle-même et autour du soleil, une folle ?

La terre : une nation, un peuple, un langage, une géographie ? Cette terre-là, pour Lola, n'existe plus, elle est perdue.

La terre est perdue, l'oncle est mort, depuis longtemps.

Restent des mots? Des images? Même pas?

Reste beaucoup plus que ça. Reste une résille, un filet dont les mailles se multiplient... Lola se souvient quand Aoued lui apprenait à tricoter dans la remise. Il faisait chaud, les mouches bourdonnaient, les sacs de sulfate étaient bleus, ils sentaient fort... Une maille à l'endroit, une maille à l'envers... Les aiguilles d'Aoued étaient des plumes ébarbées de dindon... Une maille à l'endroit, une maille à l'envers... Point de mousse... Avec une maille on peut en faire deux, on peut en faire dix, on peut en faire mille, on peut en faire un million. On peut faire de la dentelle, on peut faire des manches, on peut faire des chaussettes, on peut faire une couverture. On peut faire des plaines et des montagnes. Suffit de commencer. Aoued disait : « Tu apprends, Lola, c'est tout... »

Apprendre, saisir, comprendre, Lola aime découvrir ce qui lui est donné et que pourtant elle ne voit pas. Etant petite, elle aimait les devinettes. Par exemple elle regardait un dessin qui représentait un enfant se promenant dans une forêt touffue; en dessous était écrit : « Où est le cheval? » Il fallait qu'elle inspecte le dessin, qu'elle le tourne dans tous les sens et, finalement, apparaissait le cheval. Il était là, il y avait un cheval, même pas caché. Il n'allait pas avec le dessin et pourtant le dessin le comprenait. Suffisait de bien regarder, de se donner du mal, d'envisager tous les angles, et on y arrivait...

Lola est allée loin à l'intérieur d'elle-même. Elle met quelques secondes avant de prendre conscience que la réalité est là, en Provence, sous la tonnelle des bignonias, dans son fauteuil ; elle n'est plus en Algérie, elle n'est plus une petite fille. Pourtant quelque chose reste, en elle, inchangé, une chose qui fait qu'il n'y a aucune distance entre la petite fille qu'elle était et la vieille femme qu'elle est. Elle ne sait pas comment définir cet état. Des mots viennent, elle pense manque, absence... solitude... Elle ne sait pas, ça a toujours été là... Flou, le visage d'un homme apparaît. Son père ?...

La soirée commençait, douce, tiède. Une belle nuit s'annonçait, avec des promesses de fraîcheur enfin. Elle pense qu'elle aura peut-être besoin d'un chandail tout à l'heure. Cette perspective la distrait un peu, un tout petit peu. Et puis l'absurdité, le vide, la rejoint.

Cet état de vacance s'était emparé d'elle au moment où elle commençait à descendre le grand escalier d'honneur de l'université. Elle ne passait jamais par là, personne ne passait jamais par là; c'était pompeux, grandiose, monumental, par endroits ça se partageait en deux, ça formait des volutes qui embrassaient des pièces d'eau, des bouquets de palmiers, bref ce n'était pas pratique pour atteindre la rue Michelet. Ni pratique ni direct.

Pourquoi passer par là ce soir au lieu d'emprunter, comme tout le monde, l'allée bordée de ficus, sur le côté? C'était absurde.

Depuis son enfance elle considérait ces escaliers, ces marches hautes et larges qui imposaient au corps des mouvements à l'ampleur inhabituelle, comme une voie magique. Elle rêvait d'y passer, d'y avoir droit. Et voilà, ce soir, parce qu'elle avait vu son nom inscrit sur un papier officiel, parce qu'elle avait, à cause de ça, en poche, son dernier certificat, parce qu'elle venait d'obtenir officiellement une licence d'enseignement de la philosophie, elle estimait qu'elle avait le droit de descendre cet escalier. Elle avait acquis une définition, un titre, qui la projetait dans le monde des adultes. D'un seul coup. Un vertige.

Son école avait été sa maison; c'était là qu'elle s'était épanouie, qu'elle avait

48

appris à aimer, qu'elle avait grandi. Chez elle, dans sa famille, c'était un champ de bataille, un lieu de guerre. Sa mère contre son père, toute la famille contre son père, ses oncles entre eux, sa mère contre sa grand-mère. Ça se disputait toujours, ça criait, ça pleurait, ça se réconciliait avec des embrassades, des larmes, des rires. Seuls son père et sa mère étaient irréconciliables pour toujours. Toujours. Son père chez lui, seul. Sa mère dans le troupeau de ses frères, de sa mère, de tous les autres, ligués contre son ancien mari. Elle, la petite fille, elle ne savait pas qui aimer, comment aimer, pourquoi aimer. Il n'y avait que dans son école qu'existait une harmonie, une hiérarchie, un respect, un amour, une discipline. Ses amies tous les jours. Tous les jours ses professeurs. Tous les jours le silence pour la prière avant chaque cours, avant chaque repas de midi. La paix.

Douze ans dans la même école. Et puis trois ans à l'université avec de nouveaux amis, de nouveaux profs, mais, pendant trois ans, toujours les mêmes. Douze ans plus trois ans, ça fait quinze ans, c'est beaucoup quand on a vingt ans.

Pendant quinze ans les mêmes lieux, les mêmes tableaux noirs, les horaires, les cloches, les sonneries, les livres, les stylos, les feuilles. Les examens, les dates inévitables ; repères, balises, frontières. Année après année dans cette sécurité et aussi dans cette obstination : aller au bout. Au bout de quoi ? Elle n'avait jamais pensé au bout de l'enfance, au bout de l'adolescence. C'est maintenant qu'elle y pense, quand elle s'engage dans l'escalier d'honneur de l'université d'Alger.

C'est beau mais c'est désert. Elle y est seule. Bientôt ce sera le soir.

Les larmes viennent et, avec elles, des sanglots qui soulèvent ses épaules. Un chagrin, un gros chagrin d'enfant. Elle ne s'y attendait pas. C'est un beau jour pourtant.

Il n'y a pas longtemps, cinq ans, un peu plus, en plein été, son père était mort. Elle était sur une plage. On était venu la chercher en auto. On lui avait dit : « Ton père est mort la nuit dernière, il faut que tu rentres à Alger. » Comme ça, pas plus. Pourquoi il était mort, comment il était mort, on ne le lui avait pas dit. Elle était en costume de bain : un maillot deux-pièces. « Habille-toi vite. Ta mère t'habillera correctement sur place. »

« Sur place », « correctement »... Elle n'a pas osé demander ce que cela signifiait. Elle n'avait jamais rencontré la mort, elle ne savait pas comment s'y prendre avec ça. Surtout la mort de son père.

« Sur place », c'était chez son père. Un appartement d'homme, de célibataire, un poulailler. Sa mère disait : « Il emmène des poules chez lui. » Et justement, sa mère était là. Sa mère dans ce lieu de perdition c'était insensé, inconvenant ! Elle-même, les rares fois où elle y était venue, n'avait osé s'asseoir que sur le bord des sièges, elle n'avait jamais ouvert une porte de chambre. Elle avait peur d'y voir des femmes dans des postures affolantes, jambes écartées, sexe ouvert, comme des plaies. Et voilà que sa mère était là, se conduisant en maîtresse de maison, donnant des ordres, recevant les visiteurs, leur parlant avec une voix de commisération. Incroyable.

« Correctement » cela voulait dire habillée de noir de la tête aux pieds. Même des bas noirs, avec la chaleur qu'il faisait. D'où sortaient ces vêtements qui lui allaient et qu'elle n'avait jamais vus ? Un conte de fées macabre. Tout ça dans sa salle de bain, à lui, qu'elle n'avait jamais vue. Elle détaille : des brosses, des flacons de cristal à bouchons d'argent, un miroir rond grossissant pour se raser, surmonté d'une petite lampe, à côté des rasoirs, des serviettes de toilette avec ses initiales, une grande glace. Elle se regarde, elle se voit en noir. Elle trouve que ça lui va bien.

Dans le couloir sa mère lui confie : « Tu n'as rien à craindre, on l'a déjà mis en bière. » Lola ne sait pas ce que ça signifie. Elle demande : « Qu'est-ce que ça veut dire ? — Eh bien on l'a mis dans le cercueil et on l'a fermé. J'ai voulu t'éviter ça, ma chérie. »

Elle entre dans le grand salon transformé en chapelle ardente. Il y fait sombre, les volets sont fermés et les rideaux sont tirés. Les meubles ont disparu, à leur place sont installées des rangées de chaises où quelques personnes sont assises. Quatre ou cinq. Lola est impressionnée. On la conduit vers le fond, devant la cheminée, là où le cercueil est posé sur des tréteaux couverts d'un tissu noir, flanqué de deux cierges allumés. Il y a des couronnes de fleurs autour, par terre, partout. Entre le cercueil et les rangées de sièges se trouve un prie-Dieu, un seul. Sa mère la mène jusque-là et murmure à son oreille : « C'est ta place, tu es sa seule famille. » Et elle s'en va.

Elle n'a pas de siège ; le prie-Dieu, c'est tout.

Elle s'agenouille. Elle n'ose pas regarder le cercueil devant elle, la boîte où est enfermé son père. Elle pose ses avant-bras sur le velours rouge, elle joint les mains, elle baisse la tête. On dirait qu'elle prie mais elle ne prie pas. Malgré les années passées dans une école religieuse elle n'a jamais pu prier, elle n'a jamais su s'y prendre. On lui avait dit et répété que c'était communiquer directement avec Dieu, mais ça n'avait jamais marché. Au bout de la ligne elle n'avait que des barbus, des vierges, des martyres, des saints, des morts, mais jamais Dieu.

Elle n'ose pas se retourner. Pourtant ce qui se passe dans son dos l'attire. Elle entend des chaises qu'on déplace, des chuchotements par moments. Une personne soudain se met à réciter des prières à voix basse. Son père ne mettait pas les pieds à l'église. Elle l'avait entendu dire des grossièretés sur le clergé. Sa mère prétendait qu'il était franc-maçon. Alors ces « pater » et ces « ave », là, devant lui, c'était un outrage. Avait-on le droit de faire ça ? Pouvait-on profiter de sa mort ? Elle estime que non, et, pour la première fois de sa vie, elle prend le parti de son père : elle se retourne légèrement et lance un « chut ! ». Le silence après. Un espace de temps creux dont elle est responsable, qu'elle doit gérer. Comment ? Elle n'en a pas la moindre idée. Elle reprend sa posture. Elle a annulé ce qu'il y a derrière elle. Elle est seule avec le cercueil. Elle est tenue de l'affronter, elle ne peut pas l'éviter.

Il n'y a rien là, seulement un objet, un coffre, une caisse. Dedans on a couché son père, puis on a mis un couvercle qu'on a vissé. Qu'on a vissé ? Qu'on a cloué ? Elle n'en sait rien. Comment était-il habillé ? En pyjama ? avec un costume ? avec des souliers ? Tout nu ? Avec des guêtres ? Il portait toujours des guêtres qui changeaient de couleur selon ses costumes et ses chaussures. Il était élégant : « Il est très élégant, ça, j'avoue qu'on ne peut pas le nier... » disait sa mère.

Elle ne pensait qu'à l'emballage : les vêtements, le cercueil, les fleurs, la lueur des deux cierges. Et lui ? L'homme ? Elle avait du mal à l'imaginer. Elle revoyait sa petite moustache à la Charlot, et le large anneau d'or qu'il portait à la main gauche. « On lui a enlevé sa bague, tu sais, l'anneau d'or, et on l'a donné à sa gouvernante. Elle le mérite bien la pauvre femme. » Sa mère lui avait dit ça pendant qu'elle se changeait dans la salle de bain. Donc il n'avait plus de bague, seulement ses très belles mains. « Tu as de belles mains, les mains de ton père. » Elle avait perdu le repère de l'anneau, il ne restait que des doigts, des poils sur les premières phalanges, des plis aux jointures, de la peau... un corps, un corps d'homme. Un corps d'homme sportif. Un corps d'homme à femmes. Un corps avec un phallus. Alors là, elle n'aurait jamais voulu en arriver à ça ; le sexe de son père. Et maintenant qu'elle l'a imaginé, elle n'arrive plus à s'en défaire. Elle essaie de s'en distraire, elle regarde les fleurs des couronnes : des zinnias surtout, elle découvre une fourmi qui se fraie un chemin cahoteux. Pour aller où ? Mais toujours elle en revient au pantalon de son père, à la braguette, à ce qu'il y a là et alors elle tremble, elle se met à respirer très fort. Les gens, derrière, doivent croire qu'elle sanglote...

Elle, elle est emportée dans un rêve érotique, incestueux. Chaque fois qu'elle avait quitté son père, il l'avait prise dans ses bras, l'avait serrée contre lui, lui avait donné des baisers sur les tempes, sur les joues, quelquefois dans le cou. Elle avait senti son odeur, son parfum, sa moustache à la Charlot qui la chatouillait, elle s'était raidie, elle avait refusé l'émotion qui l'envahissait. Lui, il disait : « Au revoir mon petit loup, reviens, reviens le plus vite possible, tu me manques tant ma grande fille. »

Elle est agenouillée sur le prie-Dieu. Elle est dans les bras de son père, dans son parfum, dans son odeur, dans sa chaleur. Maintenant elle le reconstitue tout entier cet homme dans les bras duquel elle est. Il est plus grand qu'elle, il est beau, ses yeux et ses cheveux sont noirs, il sourit, ses dents sont très blanches. Elle rêve qu'il la berce : « Ma chérie, ma fille, ma petite fille, ma grande fille. » Un bien-être s'empare d'elle. Pour la première fois elle jouit de l'amour que son père lui porte, elle en profite, elle se laisse envahir par cette douceur, cette force, ce plaisir, cette sécurité. Son corps tout entier se détend, s'ouvre. Elle est bien, elle est heureuse. Une source douce et tiède la baigne. Elle a le désir de plonger dans cette mer intérieure. Elle veut ça plus que tout. Elle sent ses orteils s'agripper au rocher, elle sent ses reins préparer le coup qui va la faire plonger dans les profondeurs. Elle est couverte de transpiration, elle est vaguement honteuse, elle ne sait pas pourquoi. Elle ouvre les yeux.

Ce qu'elle voit c'est un cercueil dans lequel est son père. Jamais plus il ne l'embrassera, jamais plus il ne l'aimera. Elle comprend que son père est mort et que plus personne ne l'aimera comme il l'aimait.

Elle est parvenue en bas des escaliers d'honneur de l'université d'Alger. La rue Michelet est gaie, pleine de filles qui balancent leurs fesses et de garçons qui font semblant de ne pas les voir, c'est comme ça tous les jours. Mais elle, ce soir, se sent étrangère, loin de ce manège qui l'amuse d'habitude.

Ce vide, ce manque, qui sont en elle, elle commence à les comprendre, et elle n'en revient pas. Ce diplôme, ces années d'études, ces titres, ces mentions, ces prix, tous ces bons points, bonnes notes, médailles qu'elle a collectionnés, tout ça c'était pour son père. Elle prend conscience de ça et se dit qu'elle est folle. « Mais qu'est-ce qui me passe par la tête ? Pour mon père ! » Oui, ça avait été sa manière de prendre le parti de son père, de se mettre dans un autre camp. Car personne d'autre dans sa famille ne s'intéressait à ses études. Cela avait même quelque chose d'anormal, on disait d'elle : « C'est une excentrique : elle fait des études... » On aurait préféré qu'elle coure les surprises-parties, qu'elle ait des flirts, qu'elle trouve un bon mari... Elle, obstinée, refusait les invitations et s'enfonçait dans ses livres. Sa mère argumentait : « Tu n'es pas laide, tu sais. Si tu t'arrangeais un peu, tu serais même très bien. » Elle, elle disait qu'elle aimait apprendre, que ça la passionnait. C'était vrai, mais il y avait aussi en elle le désir de gagner, et un goût qu'elle découvre ce soir, qu'elle devine, qu'elle s'avoue : le goût de la vengeance.

Elle est dans la foule maintenant. Les vitrines des magasins sont illuminées. Elle se demande ce qu'elle fait là, pourquoi elle est là, pourquoi elle a descendu ces grands escaliers de cérémonie. Venger qui ? Venger quoi ? Elle le sait mais elle n'ose pas l'admettre, ça lui paraît tellement inattendu. Et puis, oui, elle formule sa pensée : venger mon nom, venger le nom de mon père que je suis la seule à porter.

C'est ça le vide, le manque, la béance. A qui offrir ces lauriers ? A lui ? Mais il est mort.

Elle marche de plus en plus vite. Elle court. Elle pleure aussi. Elle invente la voix de son père qui lui dit gentiment : « Calme-toi. Je sais que tu l'as ton diplôme, j'en suis fier. » Elle, elle pense : « Voilà que je me prends pour Jeanne d'Arc, j'entends des voix. » En fait, ça lui fait du bien, ça la calme, elle sourit.

Elle se dirige vers une grande vitrine éclairée qu'elle aperçoit là-bas, au carrefour. Cette lumière lui semble plus attirante que les autres, chaude, rassurante. « Décidément après Jeanne d'Arc voilà maintenant l'étoile du berger qui guide mes pas vers le sauveur nouveau-né. Souviens-toi que ton père était un mécréant, Lola. »

C'est en riant qu'elle entre dans une librairie dont l'enseigne flamboie : « Editions de l'Empire ». Elle se dirige vers le patron qui est à la caisse ; il fait ses comptes, il va fermer. Il a entendu la porte, il lève la tête, il la voit venir, il la connaît bien, ses yeux la questionnent. Enfin il dit :

— Et alors ?

— Je suis reçue. J'ai ma licence d'enseignement.

— C'est bien. Remarquez, j'en étais

sûr. Mais on ne sait jamais. En tout cas ça s'arrose. Ça va faire plaisir à ma femme.

Il appelle :

— Jeanne, c'est Lola. Elle est reçue, apporte le champagne.

Les livres partout autour d'elle, bien rangés sur leurs étagères, elle ne connaît pas de meilleure protection, de meilleure compagnie...

Il n'y a pas eu d'hommes dans la jeunesse de Lola, mais elle vivait entre deux femmes qui étaient passionnément liées aux hommes, sa mère par la haine, sa grand-mère par l'amour. Les hommes attiraient Lola, mais elle ne les connaissait pas, elle s'en méfiait. Pourtant elle savait depuis toujours qu'elle les désirait. Pourquoi savait-elle ça ?

Elle renverse sa tête en arrière. Elle voit le ciel encadré par les hautes branches des marronniers, un beau ciel sans nuages... Elle aime les hommes à cause de la musique, à cause de la danse, à cause de son corps dans la musique et dans la danse...

Viennent alors des images secrètes. Dans les années trente, une musique, la nuit. Du jazz américain tourne sur un phonographe. La mère de Lola, jeune encore, va et vient dans une longue salle de séjour, ses pieds nus dans les tapis de haute laine. Un pantalon de shantung blanc cache son sexe humide de désir. Elle se croit seule. Mais elle n'est pas seule. La petite Lola accroupie derrière une porte entrebâillée l'espionne ; elle perçoit le besoin de sa mère, elle devine que ce n'est pas d'elle dont sa mère a besoin. Lola ne bouge pas, elle est triste.

Une autre musique, syncopée, un brouhaha, des éclats de voix, de rire.

Aujourd'hui c'est le grand couscous de la fin des vendanges.

Depuis hier les femmes s'affairent dans la ferme. Elles ont roulé la semoule, épluché les légumes du bouillon, découpé les moutons, préparé le petit-lait et les gâteaux. Elles ont rempli les grands plats creux en bois de cèdre. Maintenant, tout est prêt.

On a fermé les portes de la cour. Les femmes jacassent. Les plus jeunes essaient de voir les hommes, dehors, à travers les interstices. Elles rient d'un rire de gorge. Les vieilles les houspillent. Yamina hoche la tête en grommelant ; toujours la même agitation, les mêmes minauderies. Lola sait que Yamina n'aime pas qu'elle soit sortie avec son oncle, seule au milieu de tous ces hommes. Tant pis.

Les seringas embaument.

Les vendangeurs ont pris leurs places sous les eucalyptus. Ils sont deux cents. Leurs serouals et leurs tarbouchs font des taches blanches. Des mouvements s'ébauchent d'un groupe à l'autre, au ras du sol. Les rires des femmes les échauffent.

Kader, c'est lui le maître des cérémonies, fait entrer une équipe pour l'aider. Les femmes se réfugient dans la bergerie, pour que les hommes ne les voient pas. Elles poussent des youyous. L'équipe ressort portant de larges planches sur lesquelles s'alignent les plats de couscous et de viande. La semoule cuite à point forme des pyramides jaunes et fumantes. Un plat pour dix. Ainsi naît, entre les fûts gris des eucalyptus, un parterre de grosses marguerites au cœur mordoré. Les vendangeurs tendent un bras vers les plats et d'un geste agile des doigts ils forment une boulette qu'ils portent à la bouche. Le vieil Ali a des grains de couscous accrochés à sa moustache.

Maintenant ils sont repus. Ils bavardent, ils bourdonnent comme des abeilles, ils s'allongent. Le ciel est devenu rouge.

Kader ne supporte pas longtemps cette

torpeur digestive. Lui, c'est un pitre. Il a de petits yeux noirs brillants comme du charbon. Il se lève, prend Lola sur ses épaules et commence à sauter d'un groupe à l'autre en poussant des cris. Lola a fait avec Kader des milliers de cavalcades folles. Il est fou. Elle s'amuse.

Soudain, il la pose à terre et dit : « Danse ! » Il crie aux autres : « Lola va danser ! »

Non, elle ne veut pas danser. Elle ne veut pas. Le soir, avec les petites filles de la ferme, elle danse pour s'amuser. Kader est leur professeur. Mais c'est tout !

Les hommes forment déjà un grand cercle autour d'eux. L'oncle est resté debout, il rit. Bientôt les mains se mettent à claquer, elles trouvent un rythme sur lequel les voix chantent : « Ya Lola zina ! Ya Lola zina ! Ya Lola zina ! » Lola jolie, Lola jolie, elle ne se trouve pas jolie, elle ne veut pas danser.

La brise tiède du soir s'est levée, elle apporte de la forêt des senteurs de thym et de lentisque. Le parfum des seringas fait tourner la tête.

Kader l'a abandonnée ; il la connaît : il bat un rythme plus rapide, plus saccadé. Lola ne sait pas résister à ce rythme-là. Kader c'est le diable ! Elle enlève ses sandales et de sentir la terre poudreuse et chaude sous ses pieds lui donne du courage. Elle a envie de danser. Elle le sent dans ses jambes et dans ses poignets.

Barisien se lève, il noue autour des hanches de Lola un foulard à longues franges. Il dit « chabba, chabba... », belle, belle. Il la pare pour la danse.

Elle a envie de danser. Elle est prête... Des petits pas d'abord, à plat, en cadence... Elle sent son corps bien campé, sûr. Elle cambre les reins, écarte les bras de son buste. Elle avance par saccades. Ses épaules entrent en mouvement, elles trouvent le rythme et communiquent à ses bras une oscillation syncopée. Sur certaines mesures, plus marquées, ses poignets font tourner ses mains... Elle a chaud, elle est libre... Son ventre devient le centre de la danse, le chef du rythme. C'est lui qui conduit les battements des hommes. Elle s'immobilise. Elle laisse son ventre danser, tourner, sursauter, donner des coups de boutoir. Elle lève la tête... Elle voit le ciel glorieux, la terre rouge des collines. Tout est beau. Elle peut tout faire pour l'amour de ça. Elle peut chevaucher un coursier blanc dans le ciel, comme l'archange Gabriel. Elle peut se battre avec une grande épée d'or, comme Roland. Elle peut danser et chanter jusqu'à la mort.

Ils savent bien que la petite Lola est ensorcelée. Ils le sont aussi. Un homme chante. Sa voix monte, s'arrête à une note, longtemps comme un cri. Ce cri dure encore et encore et cesse net. Les cuisses de Lola tremblent, ses poignets tournent. La voix reprend, plus basse, plus aigre. C'est une plainte amoureuse. Elle sent les franges du foulard qui viennent caresser ses mollets à intervalles réguliers. Ses hanches les font danser, ses fesses les balancent. Les mains des vendangeurs battent, battent la mesure.

Elle ne danse plus, elle est la danse. Une danse d'amour pour tous les visages attentifs, pour chaque lumière, pour chaque ombre, pour les vallonnements rouges, pour la terre fertile. Sa danse est une action de grâces pour le goût des figues mûres, pour la fraîcheur de la mer, pour la chaleur du soleil, pour le parfum du jasmin. Sa danse est une prière : que chaque soir l'eau arrose ce pays, qu'elle puisse le contempler toute sa vie dans sa beauté et sa force.

Le soleil s'est couché... La nuit a pris sa place...

Les souvenirs en s'accumulant ont tout simplifié. Avant, l'un effaçait l'autre ; Lola s'y perdait. Elle se dispersait, se faisait déchirer par des émotions nouvelles qui bouleversaient tout. Ce qu'elle croyait être le bonheur ou le malheur ne l'était plus. Avant, son présent était dans le futur où elle se projetait, elle courait derrière lui. Aujourd'hui elle vit dans son présent. Il y a le passé et le présent. Demain est son présent à venir. Ses comptes sont faits, elle a choisi. Elle a mis le temps. Elle s'appartient. Elle est dans sa vie, à la proue d'un bateau qui se barre seul, qui la mène là où elle doit aller. Elle est libre.

Lola se lève, elle veut inspecter les montants de la tonnelle. Elle prend une échelle, va dans le coin le plus abîmé. Elle voit où le métal a cédé, il est rongé. Il y a même un espace, d'au moins cinq centimètres, où il a disparu, ce sont les branches entrelacées qui le remplacent. Elle redescend, range l'échelle. Elle n'aime pas perdre.

Elle rentre dans la maison, éteint la radio, choisit une cassette, la met, et, accompagnée par les premières mesures de *la Flûte enchantée*, elle rejoint son fauteuil, sous la tonnelle...

Son amie Edith avait dit :

— Viens dîner à la maison. Je veux que tu rencontres Jacques, un ami d'enfance de Philippe, un type de Clermont-Ferrand. Sa femme est morte l'année dernière en accouchant. Le bébé est mort aussi. Il est inconsolable.

— Elle n'est pas drôle ton histoire. Qu'est-ce que tu veux que je fasse ?

— Il s'intéresse aux Pères de l'Eglise.

— Pas moi.

— Oui, mais tu fais des études. Moi, je ne sais pas quoi lui dire. C'est un intellectuel... et un francaoui par-dessus le marché. Il ne bouge pas de la maison. Je voudrais qu'il sorte un peu. Il m'encombre.

— Dis-moi ça, plutôt que de me parler des Pères de l'Eglise. Il est comment?

— Pas mal, tu verras.

C'est comme ça que Lola a rencontré Jacques. Au mois de septembre. Un Français de la métropole, un étranger. Grand, mince, habillé comme les Français, cravaté, poli, triste. Elle l'a trouvé séduisant.

Ils ont pris l'habitude de se rencontrer le soir. Il l'attendait en bas de chez elle. Ils marchaient. Au début ils parlaient de saint Augustin, un Berbère, de sa mère sainte Monique, une autre Berbère; des Kabyles, des gens du Maghreb, d'ici. Ils parlaient aussi d'Averroès le Marocain, l'Andalou. Ils ne parlaient jamais de la femme morte ni de la virginité de Lola. Ils le savaient. Ces silences les liaient.

Est venue une période où ils ne parlaient plus. Ils arpentaient la ville comme des gymnastes. Il leur arrivait de grimper jusque dans les bois d'eucalyptus du côté du Fort l'Empereur. Ils regardaient la ville d'en haut, elle était belle. Souvent ils parcouraient les quais du port, les uns après les autres, en longeant les cargos rouillés. Ils regardaient la ville d'en bas. Elle était toujours belle.

Un jour il a pris la main de Lola, c'était

en novembre. La nuit était douce. Ce soir-là, ils ont escaladé les grilles d'un jardin public et ils se sont assis sur un banc, main dans la main, longtemps, sans se regarder, sans dire un mot. Ensuite il l'a raccompagnée. Devant sa porte Lola s'est séparée de lui brutalement, en le repoussant. Elle a couru, elle a monté les escaliers quatre à quatre, sans réfléchir à sa brutalité. Au troisième étage, à bout de souffle, elle s'est demandé pourquoi elle avait agi comme ça. Alors elle a pensé : « Je l'ai perdu. » Elle l'aimait. Elle est redescendue en courant. Dehors il n'y avait personne, ni à droite ni à gauche, elle n'a entendu résonner aucun pas dans la rue vide. Elle n'avait jamais ressenti une aussi grande peine. Puis elle l'a vu. Il était debout, appuyé à la vitrine d'une pharmacie, tournant le dos. Elle est allée vers lui, elle l'a appelé. Il s'est retourné. Il pleurait.

Il a pris Lola dans ses bras et il a embrassé son visage. Il l'a caressée. Il découvrait son inexpérience. Ils riaient, ils pleuraient. Ils sont restés longtemps comme ça, dans les bras l'un de l'autre, dans la rue, dans la nuit. Ils étaient heureux, barbouillés de leurs salives.

Il a dit : « Je veux être avec toi. Je t'emmène. Allons en Tunisie. Tu veux ? Viens. »

Elle a dit oui. Le lendemain ils sont partis...

Il n'y a plus de musique. Seulement le bruit de la chaleur à son labeur. La végétation se dilate, suinte, fermente, sèche, craque, la terre se fend. La vie grouille avec d'infimes précautions. Lola, dans son fauteuil de jardin l'entend, la voit, la devine. Elle est consciente de participer à cette fécondation, à cette destruction...

Ils ont pris un train et ils sont descendus à la frontière. Tabarka. De la gare ils voyaient la mer. Ils se sont dirigés vers elle. Ils marchaient d'un bon pas. Ils se tenaient par la main, ils ne se parlaient pas, ils portaient des sacs à dos. Ils ont traversé un petit bois, c'était l'automne, les arbres étaient jaunes et roses dans le soleil.

Un homme au volant d'une camionnette les a dépassés et il s'est arrêté. Il les avait trouvés beaux et jeunes. Il les a invités à monter. C'était le patron d'un hôtel, normalement fermé en cette saison. Il leur a ouvert une chambre, la plus belle, avec une cheminée et une porte-fenêtre qui donnait sur une terrasse. On voyait la plage.

La première fois, c'est lui qui a déshabillé Lola. Il a pris son temps. Elle avait peur. Il le sentait. Il la calmait. Il embrassait et léchait chaque partie du corps qu'il dénudait. Lentement. Elle aimait ce qu'il faisait. A un moment elle a vu qu'il était nu et qu'il bandait. Elle n'avait jamais imaginé ça : une arme. Elle a fermé les yeux. Jacques l'a remarqué, il a pris une des mains de Lola et l'a posée sur son sexe dur. C'était chaud, c'était comme du satin. Elle a laissé Jacques à son œuvre. Il y est allé doucement, longtemps, avec entêtement. Une berceuse. Puis quelque chose a cédé en elle. Elle a pensé à ces vaguelettes qui vont et viennent, s'attaquent au château de sable que l'enfant a construit, le sapent peu à peu jusqu'à ce que, dans un mol affaissement, il s'écroule. Il a dit : « Je te fais mal ? » Elle a fait non de la tête. Il s'est penché, a embrassé les tempes de Lola. Il murmurait : « Je ne veux pas te faire mal. Je ne dois pas te faire mal ! » Elle a ouvert les yeux, elle a regardé Jacques, elle lui a souri.

Lola trouve qu'il fait chaud. Elle se lève, transporte son fauteuil, la table, le plateau ; elle s'installe dans un coin plus ombreux de la terrasse. Pendant ce déménagement elle pense à son corps, à la présence moite de son sexe. La femme est un fuseau de chair lisse, ces Vénus, ces tanagras, ces madones, peut-on imaginer qu'elles ont un marécage, une crapaudière entre les jambes ? Elle cherche le nom de celle qui, dans *le Banquet*, dit à Socrate que l'amour c'est « l'enfantement dans la beauté »... Diotime, l'Etrangère de Mantinée... Oui, elle s'appelait comme ça...

Dis-moi Lola, dirais-tu que la naissance d'un enfant et la naissance d'une pensée viennent d'un même désir? — Oui, je pourrais dire ça. — Peux-tu dire que c'est le même désir? — Non, je ne peux pas dire que c'est le même désir. — Explique-toi. — Dans l'amour qui fait de l'enfant il y a de la matière. — Qu'entends-tu par matière? — Des odeurs, du dur et du liquide, du fragile et du fort, du sang, du sperme, du foutre, du lait, des voix. — Dirais-tu qu'il n'y a pas de matière dans l'amour qui fait de la pensée? — Oui, je le dirais, je dirais qu'il n'y a pas de matière dans la pensée. — Dirais-tu alors qu'il y a deux sortes d'amour? — Oui, je dirais ça, je dirais qu'il y a de l'enfantement et de l'enchantement dans l'amour. Il arrive que les deux soient liés dans un seul amour mais je dirais que c'est exceptionnel et furtif...

Une voix, dans un cabinet de toilette, fredonnait les mélodies de *la Flûte enchantée*. Il y avait un moucharabieh dans ce cabinet de toilette. La voix était belle, pleine, grave, et douce; c'était la voix de Jacques.

Quand Jacques chantait, c'était l'époque du capitaine Carlsen, 1952.

Chaque jour Lola et Jacques marchaient sur la plage, là où le sable est humide. En rentrant de promenade Jacques allumait du feu dans la cheminée de la chambre. Ils s'accroupissaient devant le foyer, lui et Lola, l'un contre l'autre, attentifs. De la chaleur passait à travers leurs épaules accolées. Ils attendaient que les flammes aient assuré leur prise sur les bûches. Puis il se levait, allait dans le cabinet de toilette, dont il fermait la porte, et il se mettait à chanter.

Une fois seule devant la flambée, Lola enlevait sa jupe, son chandail, son slip, son soutien-gorge. Elle était nue, à part ses chaussures de marche et ses chaussettes de laine blanche. Elle s'allongeait sur le tapis, face au feu. Elle écoutait la voix de Jacques.

Le soir venait. Il n'y avait que le feu pour éclairer la pièce. Elle avait croisé ses mains sous sa nuque et elle avait observé les flammes. Son regard passait par la gorge de ses seins, puis sur la plaine lunaire de son ventre, franchissait le monticule de son pubis blond, s'enfonçait dans la vallée escarpée de ses cuisses dressées, jusqu'au feu. Ses jambes étaient écartées.

Jacques ne chantait plus maintenant, il était debout entre les jambes de Lola, il était grand, mince, érigé comme une stèle, il s'était agenouillé.

L'amour. Il l'aimait, elle l'aimait, ils s'aimaient.

Dans cet hôtel où logeaient Jacques et Lola, il y avait une salle à manger où parlait un poste de radio. Réfectoire vide. Tables et chaises de bois blanc, alignées en bon ordre, avec leur nappe de papier. Aucun convive, sauf eux deux, au centre, contre la verrière qui prenait toute la longueur de la pièce et une partie du plafond. Le sol et les murs étaient carrelés de faïence blanche où se reflétait le ciel crayeux. La lumière était crue. On aurait dit qu'un projecteur isolait le couple, là, dans une lueur froide, ou alors, au contraire, que l'automne environnant se figeait autour de leurs corps encore chauds de l'amour qu'ils avaient fait et refait.

Une voix, à la radio, parlait du capitaine Carlsen, seul sur son cargo en perdition.

La nuit suivante, alors que Jacques à la belle voix était entre ses jambes, Lola avait, plusieurs fois, imaginé la tempête atlantique à laquelle était livré le brave marin, ce commandant entêté qui ne voulait pas céder. Lola connaît la mer, elle sait comme elle est belle quand elle est en colère, quand elle cogne contre les rochers, quand elle s'acharne contre eux, encore et encore. Elle fait peur, elle est violente. Elle se cambre, elle forme des vagues qui s'élèvent hautes, plus hautes, et vlan! En l'air les lames sont vertes, bleues et jaunes, et, pour frapper, elles blanchissent, elles se coiffent de perruques bouclées, elles s'habillent de dentelles, elles font les belles, puis elles frappent et s'engloutissent dans leur propre rage.

Un jour Jacques est reparti pour la France. Il a dit qu'il viendrait la chercher. Il écrivait de belles lettres, des lettres d'amour. Et puis il y a eu une lettre, la dernière, dans laquelle il disait qu'il allait se marier avec une jeune fille qu'il adorait... Cette jeune fille s'appelait Jeanne...

Cette blessure, Lola a cru qu'elle n'en guérirait jamais, elle voulait mourir.

Elle se redresse... Autour de la Méditerranée la mort est envisagée comme solution aux problèmes les plus divers... Souvent la grand-mère de Lola annonçait : « Ah, je vais me tuer ! » Ce pouvait être soit parce que la cuisinière avait raté le gratin de pommes de terre, soit, pendant la guerre, parce qu'elle n'avait pas de nouvelles d'un de ses fils. Alors elle proclamait : « Ah ! je vais me tuer. » Elle se levait, se dirigeait vers une fenêtre, l'ouvrait. On la laissait faire, on savait qu'elle ne sauterait pas.

Lola sourit au souvenir d'un phantasme qu'elle avait souvent étant petite : ... une enfant morte dans un cercueil vitré tiendrait un marteau dans sa main. Un marteau pour casser la vitre du cercueil en cas de non-décès... Comment dire ça ? Comment prévenir l'entourage qu'il faudrait enfermer la petite Lola avec un marteau dans un cercueil à vitre le jour où on la croirait morte ?... Comment exprimer les pensées quand on ne sait pas les nommer ? Quand on ne les connaît que nues, qu'on ignore le mot qui les habille ?...

Lola a demandé un poste à l'étranger. On l'a envoyée à Salonique, enseigner le français. L'année prochaine elle aura un autre poste où elle enseignera la philosophie.

Lola descend les cinq marches qui mènent à la terrasse. Une fois en bas elle se retourne et regarde la tonnelle. Elle foisonne, elle est magnifique. De là on ne peut pas voir jusqu'à quel point elle est vétuste.

Lola entend une cloche dans le lointain et un chien qui aboie...

Elle pense qu'elle vieillit, qu'elle n'est plus attachée à son corps parce qu'il n'a plus de beauté. Elle commence à en avoir assez de lui. Et pourtant elle le comprend mieux, elle l'accepte. Ses sueurs, ses digestions, ses malaises, ses cellules, elle admet que c'est elle aussi. Souvent elle pense à son corps comme à une fourmilière dont elle serait la reine. Son peuple est si immense qu'elle ne le connaît qu'imparfaitement; certaines tribus lui sont même totalement inconnues. Mais elle sait qu'elles existent. Elle sait qu'elle va mourir et que cela viendra de la rébellion des tribus inconnues ou de la lassitude du peuple connu. C'est comme ça, c'est admis, elle n'y peut rien. Ça arrivera, c'est certain. Ça ne lui fait pas peur.

Voilà déjà plusieurs années que la distance entre la matière et Lola a disparu. Elle n'a plus l'illusion, ni la prétention, d'être différente. Elle est en sécurité dans la nature; là elle est liée au reste, à ce qui n'est pas humain, à la mort. Elle est entière...

Salonique. Sa première classe, ses premiers étudiants, des Grecs. Il y en avait qui s'appelaient Criton, Phédon, Aristote, Ismène, Eurydice... Des prénoms qui la ramenaient à l'université, aux jours pleins de rêves, aux heures qui passent vite, à Aoued qui disait : « Tu apprends, c'est tout. »

Ici elle apprenait la solitude, l'étrangeté. Elle apprenait une ville, un langage, un pays. Elle apprenait à enseigner et elle aimait ça. Elle apprenait à séduire ses étudiants, à les captiver, et, finalement, à partager avec eux ce qu'elle trouvait le plus précieux.

Dans son enfance, chaque soir, Lola aidait Youssef le jardinier à arroser les jardins. Pour elle c'était une occupation primordiale, inévitable. D'ailleurs Youssef disait : « Si t'arroses pas, Lola, tout y crève. »

Dans sa classe, à Salonique, elle éprouvait la même nécessité que dans les jardins de Blad Touaria quand elle arrosait avec Youssef. Donner, nourrir, abreuver. Elle sentait l'attention des étudiants, elle les voyait se redresser, elle recevait leurs regards, les yeux s'ouvraient, brillaient. Ils s'abreuvaient comme des plantes. Le plaisir qu'elle en ressentait était primaire, sauvage, elle avait l'impression de leur fournir l'essentiel : de l'eau, du lait, tout ce qui aide à pousser, tout ce qui fait grandir. Et, eux, ils lui donnaient de l'amour.

A la fin de l'année la blessure de Jacques ne la faisait plus souffrir. Une cicatrice. Pas plus. Pas moins.

L'année suivante elle a été envoyée en Egypte. Elle a rencontré un jeune professeur de lettres : François Lavoie. Il était lecteur à l'université. Il enseignait la littérature française. Il préparait une agrégation de lettres pures.

Quand Lola l'a vu il lui a plu. Il était silencieux et, pourtant, peut-être à cause de sa haute taille, il avait une manière de se camper, tout droit, un peu arrogante. Une force émanait de son long corps discret : il était présent...

Lola vit le temps comme si ce n'était plus du temps. Elle étend ses jambes et pense qu'elle n'est plus dans le temps. Le temps, avant, à l'époque où elle croyait qu'il lui appartenait, paraissait interminable. Un jour, il lui a échappé, elle ne le possède plus, il se divise, se dilue, il devient précaire, tellement immense qu'elle ne peut plus le saisir. Elle ne s'en fait pas : le temps se répète, il radote, il l'ennuie à la fin. Ce ne serait pas mal qu'il cesse...

François Lavoie était encore dans l'adolescence, pourtant, il avait vingt-trois ans.

Il était innocent et hardi. Il avait les yeux très clairs.

Dans la colonie française on disait qu'il était brillant, tout cela uniquement au vu de son dossier, car, lui, il parlait peu et, en tout cas, jamais de ses diplômes. Il disait seulement qu'il préparait l'agrégation et qu'il se présenterait à l'écrit du concours, en mai.

Dès leur première rencontre il avait jeté son dévolu sur Lola et il avait entrepris sa conquête avec maladresse et détermination. Un week-end il avait loué une voiture et ils étaient partis visiter les Pyramides. Il conduisait mal, c'est Lola qui avait conduit le plus souvent. Il chantait des lieder de Bach ou des chansons scoutes.

Dans une chambre d'hôtel, au bord du Nil, elle a découvert le corps de François. De très longues jambes en haut desquelles était juché un bassin étroit, musclé, poilu et fier où nichait un sexe innocent. Un corps d'adolescent lisse et neuf. Il lui faisait l'amour sans arrêt, goulûment. Lola n'avait pas une très grande compétence en ce qui concerne le sexe mais elle était bien obligée d'admettre que Jacques avait été plus adroit.

Comment cette avidité et cette inexpérience pouvaient-elles aller de pair? Elle a appris qu'il était né dans une famille très pieuse, qu'il respectait, aimait, et craignait ses parents. Qu'il avait une passion : le cinéma. Qu'il serait metteur en scène dès qu'il aurait accompli son devoir familial : être reçu à l'agrégation. Le sexe l'attirait mais pas dans le contexte de sa famille. Cette année était la première qu'il passait hors de France. Cette année, donc, il aurait l'agrégation, c'était sûr et certain, et il se marierait, et il deviendrait cinéaste. Elle comprenait ce qu'il disait, beaucoup de choses les rapprochaient, le poids de la famille surtout.

Il s'est opéré en Lola un curieux phénomène. Au lieu de lui apprendre ce qu'elle savait, ce que Jacques lui avait montré, au lieu de faire ça, elle qui aimait tant enseigner, elle a eu honte. Honte d'elle-même, honte de n'être plus vierge, et elle a laissé aller François dans sa maladroite ignorance. Il ne savait rien du corps d'une femme, ni les seins, ni le sexe, ni le clitoris. Il ne savait rien des caresses des doigts et de la langue...

Très vite ils ont décidé de vivre ensemble. Il travaillait la nuit. Lola aimait s'endormir bercée par le bruit mou que faisaient les pages des gros dictionnaires de grec et de latin quand il les manipulait.

En novembre elle a su qu'elle était enceinte. Il en a été heureux. Ils se sont mariés au consulat. Lola ne savait plus où elle en était. A vrai dire elle se sentait prisonnière. Elle s'était volontairement mise en cage...

Lola se redresse. Elle transpire. Elle savait qu'elle ne voulait pas penser à ça. Il y a plus de quarante ans que ça s'est passé. Elle se souvient des moindres détails de son mariage; le consul, les quatre copains professeurs qui leur servaient de témoins. Les mensonges qu'ils avaient racontés par lettres et par téléphone à leurs familles respectives. Ils ne voulaient pas dire qu'elle était enceinte et qu'ils se passeraient de prêtre... Après ils étaient allés au restaurant. François avait trop bu. Elle, elle avait cru qu'elle était heureuse, que c'était ça le bonheur... En réalité depuis qu'elle se savait enceinte, elle était devenue étrangère à elle-même, elle ne comprenait pas ce qui lui arrivait...

Elle remplit sa tasse, elle aime le thé froid. Elle le trouve délicieux. Elle boit par petites gorgées... Quand elle était à l'université, quand elle étudiait *le Banquet* de Platon, elle avait été intriguée par l'image de l'humanité primitive qu'il donnait, ces boules à quatre pieds, à quatre mains, à deux sexes, qui allaient vite, qui étaient extrêmement capables et que Zeus, pour finir, avait trouvées dangereuses. C'est à Apollon qu'était incombée la tâche de couper en deux ces boules androgynes. Depuis lors chaque moitié cherche éperdument son autre moitié.

Lola avait trouvé horrifiante cette parabole. Comment découvrir sa moitié parmi l'innombrable humanité? Impossible.

Pourquoi François serait-il sa moitié? C'est l'enfant qu'elle portait qui l'avait décidé. Elle, elle ne se sentait pas impliquée dans cette union. Elle était extérieure à tout ça, isolée, aliénée. Son mariage lui était apparu comme une cérémonie barbare...

François a été reçu à l'agrégation, l'enfant est né.

Quatre ans plus tard ils se sont installés en France, à Paris. Lola avait trois enfants et François faisait des films...

Les Français avaient perdu la guerre d'Algérie. Lola aussi était perdue. Elle ressemblait à ces îles d'algues, de nénuphars, entraînées par le courant d'un fleuve, flottantes, sans racines. Sur le moment elle n'était consciente que de François, de ses absences... Bien plus tard elle a su clairement que sa terre lui manquait, que lui manquaient les bras de Daïba pour la consoler : « Ya hila, ya hilala Mohamet rassulala. »

Pourquoi revenir là-dessus? Pourquoi ne pas évacuer ça une fois pour toutes. Il faudrait qu'elle s'exprime, qu'elle écrive, qu'elle dise.

Ecrire que la Méditerranée est proche, que tout la chante autour d'elle.

Ecrire les cigales.

Ecrire la menthe sauvage.

Ecrire le thym.

Ecrire la résine de pin et les pignons.

Ecrire les abeilles, la ruche, et le miel dedans.

Ecrire les lézards, les verts et les gris, et les tarentes aussi.

Ecrire les mouches et les fourmis.

Ecrire les oliviers, les figuiers et la vigne.

Ecrire, écrire, écrire. Pour partager, pour exorciser, pour travailler. Petites lettres, petits mots, petites pages, petit ouvrage de rien du tout, de tout.

Dire, dire, dire, dire. Pour entendre des sons, pour entendre des mots, pour les sentir rouler dans les joues, pour que la langue les suce, pour que les lèvres les baisent. Pour que la gorge les crache.

Le pivert s'est mis à l'ouvrage. Toc... toc... toc... toc... Lola n'a jamais pu voir ce qu'il pourchassait. Il s'installe le matin sur le grand pin parasol, il y reste longtemps. Il traque des bestioles entre les écailles du tronc. Des fourmis ? des pucerons ? Elle ne sait pas...

Le mariage, les scènes... Elle peut pen-

ser à ça; mais ce ne sont que des parenthèses. Le contenu des parenthèses est un
sujet qu'elle n'aborde pas, qu'elle évite.
Elle préfère penser à la tonnelle ou à
n'importe quel sujet où elle se sent
capable d'envisager une solution...

Elle entend un moteur dans le lointain.
C'est peut-être la poste. Elle sait exactement comment diriger son regard à travers
les branchages du marronnier pour apercevoir un tronçon de la route... Ce n'est pas
le facteur, c'est la camionnette du voisin...
Elle éprouve un regret, une déception et
elle en est agacée. Pourquoi attendre quelque chose puisqu'elle n'attend rien? Il y a
des moments où elle se demande ce qu'elle
fait sur la terre. Ce qu'elle fait avec ces
gens qui sont « les siens ». Elle n'a aucune
envie de ce possessif. Pourquoi « les
siens », ses enfants, son mari? Pourquoi?
Ils sont « eux ». Eux muets pour elle. Eux
fermés à son rythme, à son monde. Certains jours Lola voudrait être une planète,
uniquement occupée d'elle-même, tournant sur elle-même avec un bruit de
dynamo, indifférente à la course de ses
satellites, se foutant de leurs vies...

François est un menteur, un dissimula-
teur. Il se cache, il ne partage que ce qu'il

veut partager. Lola aurait aimé entrer dans son intimité, il ne l'a pas voulu. Quand il accueillait quelqu'un d'autre sur son terrain ce n'était pas pour que l'autre participe, ce n'était pas pour l'associer à sa vie, c'était pour que l'autre soit là, à sa portée. Si l'autre s'en allait, rompait les liens, abandonnait le terrain pour de bon, il en souffrait parfois vivement, comme si on lui arrachait un ongle, puis il engageait toute son énergie à effacer cette souffrance, complètement. Il en restait une cicatrice secrète. Il était rempli de cicatrices dont il ne parlait pas. Mais avant que Lola le comprenne, qu'elle en ait la certitude, François l'a torturée avec des petits et des gros mensonges.

Au début, elle croyait tout ce qu'il disait. Il disait qu'elle était sa femme, qu'il n'en avait pas d'autre. Mais les années passaient et Lola avait l'impression de s'enfoncer dans un marécage, elle n'arrivait plus à en sortir. Elle le soupçonnait d'aimer d'autres femmes. Il le niait. Il mentait. Il s'absentait souvent pour des tournages. Pour Lola tout était suspect, elle se perdait, et elle ne comprenait pas pourquoi.

Quand il était à la maison, ce qui était rare, il recevait des coups de téléphone auxquels il répondait avec empressement, même s'il était en train de faire l'amour. Il s'arrêtait, décrochait, répondait par monosyllabes. Il raccrochait. « C'est rien, c'est pas grave. » Il était tout débandé. Elle, elle voulait continuer à faire l'amour. Elle le branlait. Mais non, ces conversations mobilisaient ailleurs son énergie.

Un soir, est arrivé un télégramme pour François. Lola l'a posé sur la table de l'entrée. Elle avait couché les enfants et s'était mise à corriger des copies. Elle l'a entendu rentrer. Il a claqué la porte. Puis il y a eu un silence. Elle a compris qu'il avait vu le télégramme et qu'il l'avait ouvert. Puis il s'est précipité dans la salle de bain. Comme il n'en sortait pas, elle s'est levée, elle a trouvé le télégramme dans le couloir. Elle l'a lu : « Un petit Thomas vous est né, Jennifer se porte bien. Félicitations. Andrew. » Elle s'est demandé qui était Andrew, elle n'avait jamais entendu ce prénom dans la bouche de François. Elle a pensé que le télégraphiste s'était trompé d'étage. Elle a vérifié. Non, il ne s'était pas trompé, c'était bien adressé à François...

Il y a neuf mois il était où ? Elle a calculé. C'était l'époque où il était resté si longtemps sur un tournage aux Etats-Unis. Presque un an, elle avait cru qu'il ne reviendrait jamais...

Elle était dans le couloir, debout, sidérée, comme une imbécile, comme une folle... Il s'est produit en elle une avalanche, un glissement brutal : son identité s'écroulait, elle n'avait plus de définition, elle n'était plus personne. Elle a entendu de l'eau qui coulait... Alors elle est allée rejoindre François. Il était assis sur le rebord de la baignoire, il était blanc. Il a dit qu'il s'était mis du savon dans les yeux. Il mentait. C'était bouleversant de voir son visage ravagé. Elle a avoué qu'elle avait lu le télégramme, qu'ils allaient en parler. Il a haussé les épaules : « J'en ai rien à foutre de cette fille. Elle couchait avec tout le monde. Ne m'ennuie pas avec ça. — Mais tu as l'air choqué, tu es tout pâle. — Je suis vert de rage probablement. Fous-moi la paix... »

Elle est allée dans la cuisine. Elle savait qu'il viendrait. Elle l'attendrait. Elle était un bloc de haine, de frustration, de déception, de peine, de jalousie, d'amour, de mensonge. Tous ces sentiments mêlés de façon inextricable, inexprimable. Un bloc de colère, un monceau de violence.

François a pris un bain, il est resté longtemps dans l'eau, elle l'entendait. Peu à peu, elle s'est calmée et elle admit ce qu'elle refusait d'admettre : elle n'aimait pas François comme il voulait être aimé. Elle, en se mariant, elle aurait voulu créer la famille qu'elle n'avait jamais eue, elle épousait un père. Lui, il épousait une femme, un sexe de femme, une Aphrodite. Elle l'a compris vite, dès les premières maîtresses de François. Elle ne l'a pas dit, elle a joué les épouses bafouées, elle l'a culpabilisé. Maintenant elle est victime de sa duplicité, elle ne dira jamais la vérité.

Lola repousse son fauteuil, elle se dresse. Elle sait qu'elle ne doit pas laisser venir ce souvenir dans la clarté de sa conscience. Elle n'y pense jamais à ce télégramme. Elle n'y pense plus jamais. Aujourd'hui elle admet qu'il n'était qu'un prétexte. Elle voulait que François soit un père, pas un amant. Elle admettait les maîtresses, pas un enfant.

François est venu. Il s'est assis en face d'elle. Il avait pris sa figure de petit garçon qui a fait une bêtise. Il parlait de sa journée de tournage. Elle, elle ne disait rien. Et puis soudain, elle a jailli, elle a pris sa tête d'imprécatrice.

La rupture. Elle l'a flanqué à la porte. Il est parti.

Elle lui a dit : « Va-t'en ! Va-t'en une fois pour toutes. Je ne veux plus te voir. » Et il a foutu le camp.

Le bruit qu'a fait la porte en se fermant.

Le silence.

L'absence prend toute la place.

L'espace calme où elle est.

La présence gênante de la liberté.

Un enfant pleure.

Des enfants dorment dans la maison.

Le vide alors.

Les meubles, les objets, la lumière dans la pièce, tout devient incongru. Sur la table deux assiettes sales, deux verres, une bouteille entamée, un bouquet de mimosa qui embaume. François était là, attablé avec elle. Il n'est plus là. Elle est dans la solitude qu'elle a tant désirée. Elle ne sait qu'en faire.

Elle a envie de pleurer, la rage s'est ramassée dans sa gorge. Une rage qu'elle ne comprend pas, dans laquelle il y a de la tendresse, de la douceur, des caresses, et des rires aussi. Il n'y a pas si longtemps il riait avec elle. Il l'aimait...

Elle voit le mimosa et s'y arrête parce que le départ de François n'a rien changé à son parfum. Le mimosa. C'était en janvier. L'hiver donc...

A cette époque Lola se souvient qu'elle a voulu en finir avec François. Elle se croyait enfin détachée. Plus rien ne la retenait au quai. Mais, en même temps qu'elle était contente d'avoir pris cette décision, lui était venue une crainte, une idée de danger : partir, larguer les amarres après être restée si longtemps au port... A la fois le formidable bonheur de la liberté et le regret mesquin de l'abri. Un port empuanti d'eaux croupies, de cargos rouillés, de poissons en décomposition, de cordages effilochés, de filets crevés. Et pourtant, regret du havre où l'eau épaisse est plate, où le mazout fait des arcs-en-ciel, où les pavois lacérés par le vent flottent dans le ciel. Elle avait navigué dans l'embouteillage des carcasses abandonnées, des bateaux de plaisance, des barques de pêcheurs, des paquebots en partance. Elle avait fait ce chemin pendant plusieurs années. Enfin, un jour, elle a su qu'elle était parvenue à la sortie. Sa proue était déjà dehors, sa poupe allait passer entre la balise verte et la balise rouge. Mais pour sortir vraiment il fallait que la sirène de son bord hurle le départ officiel. Elle ne voulait pas s'en aller à la sauvette. Elle partait, voilà, elle allait l'annoncer au directeur du port. Elle n'aborderait pas par hasard la haute mer, la griserie de la navigation. Elle partirait parce qu'elle en avait assez, elle le dirait à François, elle serait autant responsable de son plaisir que des dangers qu'elle affronterait...

Elle ne l'a pas fait. Après, elle a laissé François à sa vie, elle ne lui posait pas de question, elle ne voulait pas savoir. Elle est toujours là... Lui aussi.

Elle entre dans la maison, met une cassette de Reinette l'Oranaise, cette vieille femme aveugle, une Juive. Pourquoi les Arabes et les Juifs s'entendent-ils si bien quand il s'agit de la musique ? Pourquoi François est-il toujours dans sa vie ?

Elle voudrait s'arrêter de penser à ça. Elle retourne dans son fauteuil, sous la tonnelle des bignonias. Elle sait qu'elle est là, elle se regarde : une femme de soixante-cinq ans, mais pas vieille. Son corps est épais par endroits — la poitrine, le ventre —, par contre ses chevilles et ses poignets sont minces ; lorsqu'elle se lève pour répondre à un appel, ou pour toute autre raison, elle est leste. Elle se souvient des corps qu'elle a eus, ils sont en elle : le corps vif et dru de son enfance, le long corps lisse de son adolescence, le corps doux et heureux qui était dans les bras de Jacques, le corps fier et gonflé qui portait les enfants de François... La jeune femme qu'elle était, celle qui a lu le télégramme est toujours là, quelle révolte en elle ! Pourquoi ?

Pourquoi serait-elle la seule femme autorisée à porter les enfants de François, pourquoi avoir des idées aussi peu sauvages ? Elle se souvient d'un cours de Lévi-Strauss sur « le sauvage », le sauvage est un être qui est resté proche de ses origines. Pour un sauvage un enfant est l'avenir de la tribu, on doit lui transmettre le savoir, la loi, le respect... Basta. Pour un sauvage un père est un géniteur... Basta... Elle, elle s'est conduite comme une civilisée, comme un être qui s'est éloigné de l'essentiel, du sauvage, elle s'est conduite comme une civilisée occidentale, qui favorise la possession,

l'individualisme, comme une petite-bour-
geoise quoi, elle a été dressée pour devenir ça et elle admet, avec rage, que c'est
ce qu'elle est devenue. C'est sur cette
imbécillité qu'elle a construit ses rapports
avec François...

Le père de Lola est un cercueil qui
navigue dans sa vie comme un petit sous-
marin, bateau qui ne coule jamais, toujours là, fermé, cloué, portant en lui ses
secrets.

Lola, à soixante ans passés, en est toujours à inventer son père, à l'imaginer.
Les mêmes souvenirs reviennent sans
cesse, comme une obsession. Elle n'a pas
beaucoup d'indices, elle l'a très peu
connu. Elle part de là, de ces bribes, elle
essaie de construire une vie, un homme.
Souvent il est à table, en face d'elle, avec
sa moustache. Il parle, il sourit. Elle, elle
se tient bien. Non pour plaire à son père
mais pour faire honneur à sa mère, pour
montrer comme elle est bien élevée.
Donc, elle ne s'appuie pas au dossier de
sa chaise. Quand elle ne mange pas, elle
pose ses mains sur la nappe, de chaque
côté de son assiette. Elle ne tient ses couverts que lorsqu'elle en a besoin et elle les
dépose ensuite dans son assiette, surtout
elle lâche son couteau dès qu'elle n'en a

pas l'usage, « ne jamais brandir ton couteau ou le tenir dressé comme une hallebarde ». Lui, il raconte à sa fille ses études, son enfance, la guerre de 14. Il parle de sa rencontre avec celle qui allait devenir sa femme, elle était si belle, si jeune. Lola n'aime pas quand il parle de ça, elle ne veut pas l'écouter, elle ne le regarde pas. Lui, il dit que sa femme l'a quitté pour obéir à sa mère, « c'est ta grand-mère la fautive ». Lola sait qu'il se trompe, que sa mère n'aimait pas son père. Elle ne le dit pas.

Lola se souvient aussi de son père dans la rue. Il la tenait par la main et il donnait des coups de chapeau à droite et à gauche pour saluer ses connaissances. Elle trouvait que ses gestes étaient trop grands, elle baissait la tête. Elle voyait les chaussures anglaises de son père, bien cirées, ses guêtres assorties à son costume, son pantalon au pli impeccable. Il portait des gants et une canne. Il possédait une collection de cannes rangées dans le porte-parapluies de l'entrée. Les femmes la regardaient. Lola sentait qu'il était fier de sortir avec sa fille.

Quelquefois son père l'emmenait à son club de tennis. Lola le trouvait beau dans ses pantalons de flanelle blanche. Il était athlétique. Ensuite il se douchait et faisait une partie de bridge. Il la confiait à des amis qui avaient des enfants de son âge. Elle, elle boudait, elle refusait de s'amuser car elle considérait que les amis de son père étaient les ennemis de sa mère. En hiver elle avait froid...

L'élégance de son père, la beauté de son père. L'élégance de sa mère, la beauté de sa mère. Lola a grandi dans l'ombre de ces beautés. Inutile d'essayer de les égaler, elle n'y parviendrait pas. Elle s'est installée non pas dans la laideur mais dans la disgrâce. Elle se vivait disgracieuse.

Elle entend un mot « chabba » : « belle ». La voix de Reinette l'Oranaise emplit l'espace des sonorités rauques d'une langue précieuse. Pour Lola l'arabe est la langue de l'amour, de la tendresse, de l'émotion. La vieille aveugle vient sous la tonnelle. Lola l'imagine courbée sur son luth, l'englobant. L'instrument fait partie de son corps, comme un fœtus, il est dans son ventre. Ils ne font qu'un. Que passe-t-il de l'un à l'autre ? D'où vient la musique qui émane d'eux ? Lola admire la voix de la chanteuse, ses doigts, le bois luisant et roux de l'instrument, les cordes sèches, les yeux qui ne voient rien, qui regardent dedans son vieux corps où s'emboîte le luth... Comme le Professeur...

Oui, comme le Professeur. Elle arrivait chez lui. Elle le trouvait assis à sa table de travail, lové sur sa machine à écrire, la couvant, comme s'il voulait incorporer les pages qui en sortaient.

Cet homme ne possédait rien à part une grande malle de cuir rouge qui encombrait le bureau. Un jour, au cours d'un repas, il avait raconté à Lola comment il avait conduit sa mère dans un asile d'aliénés. C'était en 1939, il était mobilisé, il n'avait personne pour la garder, elle était folle. Elle était morte ensuite, il n'était pas allé à l'enterrement. Il ne lui restait de sa mère que cette très belle malle de cuir rouge dans laquelle il rangeait ses manuscrits. Lola avait compris qu'il avait aimé cette femme et qu'il l'aimait toujours...

Lola se demande ce que c'est que l'amour. Elle pense au mot et des vagues d'images, de visages, de sensations déferlent en même temps. Elle se lève et va chercher dans son « gros *Robert* »... Amour : il y en a deux pages, presque trois. Elle lit, ferme le dictionnaire et pense que ce mot veut tout dire et le contraire de tout. On aime Dieu, on aime son mari, on aime son amant, on aime ses enfants, on aime ses parents, on aime son canari, on aime le chocolat, on aime la philosophie...

François aimait Lola, il aimait ses enfants, mais il n'endurait pas la famille. Il s'était fourvoyé dans la vie de famille, il était heureux quand il s'en éloignait. Il travaillait surtout à l'étranger. Il gagnait mal sa vie.

François avait une passion : le cinéma. Il aimait les liens forts, brûlants, exigeants, qui se nouaient pendant la création d'un film. La gestation solitaire d'un scénario, les inconvénients du financement, la peur de ne jamais arriver à faire le film, et puis la naissance : le tournage, le montage, la sortie. Le film est fait, il appartient aux autres, il vit sa vie ronde, sa vie de ruban. Lola sait que le film auquel François est le plus attaché est celui qu'il est en train de féconder, le prochain. Les films qu'il a faits il ne les renie pas, mais il en parle rarement.

Lola pense que si elle demandait à François : « Qui aimes-tu le plus tes enfants ou tes films ? », il répondrait en bon philologue et aussi parce qu'il n'est pas très franc du collier : « Le verbe aimer, en français, a de multiples sens. » Elle rirait, parce qu'il aurait deviné qu'elle lui tendait un piège. Alors : « Vite, réponds vite. Que préfères-tu ? Tes films ou tes enfants ? — Mes films. — Pourquoi ? vite, ne réfléchis pas. — Parce que mes films je les ai faits tout seul, ils sont nés de mon unique désir. — Tu n'as pas désiré tes enfants ? — Je te désirais toi. Les enfants ce sont les fèves des gâteaux des rois. — Je n'avais jamais pensé à cette définition... »

Lola est dans son fauteuil, elle entend Reinette l'Oranaise qui chante toujours avec son luth...

Elle se demande : Et si François me demandait : « Et toi, que préfères-tu ton métier ou tes enfants ? », elle répondrait honnêtement : « Je préfère mon métier. Mais j'aime mes enfants. » Et s'il lui demandait : « Quand tu as fait l'amour avec moi, la première fois, tu pensais que je pouvais te faire un enfant ? Tu le désirais ? » Honnêtement elle répondrait : « Oui », et le piège se refermerait sur elle. Elle voulait être libre et elle voulait aussi être pleine comme une femelle, le ventre plein d'un petit, les seins pleins de lait...

Après, quand le petit est là, quand c'est un enfant, quand on prend conscience qu'il sera là pour longtemps, pour toute la vie... c'est autre chose... Elle se sent vaguement coupable...

Une image surgit de sa mémoire, une gravure dans le catéchisme de son arrière-grand-mère. On lui donnait ce livre dans son enfance, pour l'occuper quand elle était malade et qu'elle devait rester dans sa chambre. « Prends-en bien soin, c'est une relique », disait sa mère. Elle le connaissait par cœur. Elle commençait toujours par une image qui prenait deux pages et qui s'intitulait : « La mort du pécheur et la mort du chrétien ». Les convulsions de l'agonie faisaient se révulser les yeux du pécheur. Il gisait sur un grabat, le bonnet de nuit de travers. Des diables le tiraient par les pieds et la chemise de nuit; les flammes envahissaient le dessous du lit. L'homme grimaçait et la petite Lola se demandait si c'était de souffrance ou parce que son bonnet de nuit le gênait. C'était affreux. Tandis que le chrétien, lui, était calmement allongé sous un beau baldaquin. Ses draps bien tirés étaient brodés, pas chiffonnés comme ceux du pécheur. Des anges aux quatre coins du lit se préparaient à le hausser jusqu'au paradis lumineux que l'on devinait et que le chrétien regardait obstinément, en extase, dans le ravissement des plaisirs qui l'attendaient...

Lola sourit, elle se souvient des terreurs que lui inspirait cette gravure... Elle est restée longtemps avec l'idée du péché, ça l'a taraudée jusqu'à quel âge? Elle cherche, elle calcule... Elle dit à haute voix : « J'avais trente ans passés... Quelle connerie. »

Elle se redresse en pensant qu'elle n'est pas totalement débarrassée du péché... Mais, au moins, elle en a conscience...

Pourquoi l'idée du péché la ramène-t-elle au Professeur? C'est qu'elle avait pris beaucoup de plaisir à travailler pour cet homme... Un plaisir qu'elle trouvait coupable?...

C'est par un confrère qui enseignait à l'université de Jussieu que Lola avait rencontré le Professeur. Il cherchait quelqu'un pour faire de la documentation. C'était l'époque où François ne vivait plus à la maison. Lola avait besoin de penser à autre chose, elle avait besoin d'argent aussi. Les enfants grandissaient.

Le Professeur lui avait donné les clefs de sa maison, un immense appartement sombre.

Pendant douze ans elle était venue chaque jour chez lui. L'appartement, soigneusement entretenu par la concierge qui entrait et sortait sans faire de bruit, avait une allure de salle des ventes, il contenait un bric-à-brac qui accroissait l'impression de vacuité qu'il donnait. Il semblait à Lola que, de ce fatras, venaient des relents de passé, des sortes de soupirs, peut-être des règlements de comptes, toute une vie morte, enterrée : un cimetière.

A l'époque où Lola venait ici chaque jour, où, en quelque sorte, c'était devenu sa seconde maison, elle se demandait pourquoi des personnes tenaient à y laisser des meubles, des objets, des choses inutiles pour lui. Pourquoi ? Pour éviter les frais de garde-meuble ? Parce que les pièces étaient vides ? S'agissait-il de déchets ? de traces ?

C'était le plus souvent des femmes qui faisaient ces dépôts, des femmes de sa famille, d'anciennes maîtresses, d'anciennes épouses. Des femmes qui n'avaient aucune importance pour lui.

Parfois elles venaient. En général Lola ne les rencontrait pas, elle était dans le bureau. Les femmes restaient peu de temps. Il les recevait au salon. Lola entendait le Professeur ouvrir la porte où se trouvait ce qu'elles avaient abandonné. Elles repartaient en laissant derrière elles un parfum lourd. Pourquoi ? Pour persister ? Pour être là quand même, pour vivre encore une fois pendant de petits instants des bonheurs et malheurs anciens, malgré elles, malgré lui ? En douze ans, elle n'a jamais vu personne venir récupérer son bien...

Cette fois-ci elle en est certaine : elle a entendu l'auto du facteur. Elle écoute. La voiture s'est arrêtée un court instant, puis une portière a claqué et l'auto est repartie. Lola se lève, elle va chercher son courrier. Des factures, des journaux, des prospectus : rien, comme d'habitude. Malgré elle, Lola a le cœur gros. Elle se moque d'elle : elle dit qu'elle n'attend rien, qu'elle ne s'attend à rien, que c'est normal, qu'elle n'a rien à attendre, qu'elle le sait, et quand elle constate que rien n'est arrivé, elle sent que son cœur est gros comme un potiron. C'est quoi le cœur ? C'est quoi le cœur de Lola ? La seule chose qu'elle sache c'est que, pour le moment, il ressemble à un potiron. C'est quoi un potiron justement ? C'est un légume ou un fruit ? Qu'est-ce que c'est un légume et qu'est-ce que c'est un fruit ? Un fruit c'est sucré, un légume ça ne l'est pas. Et les carottes et les patates douces alors ? Un fruit ça pousse en l'air, un légume ça pousse dans la terre. Les tomates ça pousse en l'air, les aubergines aussi. Les potirons ça pousse dehors. Elle est consternée ; elle n'est pas capable de faire la différence entre un fruit et un légume, comment pourrait-elle définir son cœur ? Elle ne saurait pas parler de ses sentiments. Elle se souvient d'une citation de Mallarmé dont elle se servait souvent à l'époque où elle enseignait : « Rien n'existe qui ne soit proféré. » Elle pense qu'elle a un cœur, qu'il est gros comme un potiron, et qu'il n'existe pas... Elle sait bien qu'il existe, mais elle a évité de le définir.

Elle retrouve son fauteuil, son thé froid. Le disque de Reinette l'Oranaise est fini. C'est le silence... Un silence ordinaire : immense, ouvert comme l'oubli, plein comme l'inconscient... Elle retourne à son cœur. A-t-elle aimé ? A-t-elle su qui elle aimait, pourquoi elle aimait ? A-t-elle aimé selon son corps, ou selon sa raison, ou selon les principes de son monde ?

Comment peut-elle se poser ces questions à ce moment précis de sa vie, au moment où la vieillesse la prend? A-t-elle été libre d'aimer? Elle est au bord de l'apitoiement.

Lola se redresse, elle s'indigne, elle se déteste. Elle se prend sur le fait : elle résout ses problèmes en se plaignant, elle joue les victimes... Elle a toujours fait ça. Elle est seule, pas besoin de s'apitoyer, elle peut se regarder. Elle se parle : « Tu es une pleurnicharde, voilà ce que tu es. Tu as toujours joué avec tes apparences, tu sais que tu es une grande femme solide, courageuse, alors quand tu pleures, les autres croient qu'on t'a fait du mal, que tu souffres. Tu es une comédienne Lola... Tu ressembles aux chattes du Professeur... »

Elle a toujours vu le Professeur avec des chattes. Au début, quand elle l'a connu, il avait deux siamoises dégénérées, deux bêtes tristes et sans nom. L'une n'avait pas une seule dent dans sa gueule, elle était née comme ça. Elle ne se nourrissait que des vomis de sa sœur qui mangeait deux fois, une fois pour elle-même et une fois pour l'autre. Elles étaient répugnantes et touchantes. Elles avaient été abandonnées chez lui par une femme qui n'en voulait plus.

Parfois il les caressait.

Ça lui prenait tout d'un coup : il fallait qu'il les touche. Son besoin pouvait surgir à n'importe quel moment. Elle n'a jamais su discerner les prémices de cette envie, peut-être n'y en avait-il pas. Peut-être était-ce comme les battements du cœur ou le clignement des paupières, quelque chose d'essentiel qui se fait sans désir. Il se levait de son bureau et essayait d'en attraper une ou même les deux. En général une seule lui suffisait. Ce n'était pas simple car elles le fuyaient, elles avaient peur de lui. Il leur courait derrière. Il les traquait. Elles fusaient.

Au préalable il avait fermé les portes. La pièce en quelques secondes devenait une jungle, un safari, un champ de tir. C'était la guerre. Lui immense, lourd, elles rachitiques mais vives. Il s'entourait les mains de papier journal parce qu'elles griffaient, mordaient, crachaient. Malgré ces précautions ses mains et ses bras étaient pleins de morsures et d'éraflures, croûtes ou cicatrices roses qu'il caressait par moments. Dans ces instants, Lola, elle, n'existait pas. Quand il se levait, en repoussant violemment sa chaise, elle restait en suspens. Pour lui, elle était absente. C'était clair, elle n'avait qu'à sortir. Les chattes ne cherchaient pas refuge auprès d'elle. Quant à lui, il se livrait sans masque à la traque, il était tout entier abandonné à l'indécence de son besoin. Indécence parce que Lola le regardait, parce qu'elle avait choisi de rester dans la pièce. Car lui, il était dans le désir impérieux, dans l'urgence de satisfaire un désir qu'il satisferait quoi qu'il en soit, un désir qui était plus fort que lui. Il y avait de la jubilation et de la souffrance dans les expressions de sa figure et dans ses gestes. Son grand visage fait de boursouflures et de fissures s'animait. Le chaos de ses traits habituellement affaissés et figés se raffermissait. Sur sa face, son passé s'était inscrit à la manière des chandelles : en dégoulinades immobiles qui, pendant la capture des chattes, laissaient apparaître des fêtes anciennes, une clarté paillarde, aussi une tendresse, et des cauchemars d'enfant, des curiosités palpitantes. Il avait, d'ordinaire, malgré sa laideur, un visage touchant. Mais là, dans sa chasse, de la jeunesse surgissait, une beauté, une fraîcheur, une allégresse, une fragilité. La femme avait l'impression de le voir tel qu'il était avant d'avoir été atteint par les saisons et par les regards des autres : intact, bouleversant. Et inoubliable.

Par la suite, ne s'effacera jamais ce qu'elle avait vu là dans ces moments de folie absolue, dans cette sauvagerie insensée, dans cet espoir forcené, dans cette pétulante cruauté, dans ce bonheur de vivre, de dévorer, de tuer. Inoubliable. Toujours, comme une berceuse, plus tard, quand Lola en a eu assez de travailler pour lui, l'écho de cette liberté, de cette innocence, reviendra, faisant qu'elle n'osait pas lui dire qu'elle voulait partir.

Elle ne l'a jamais vu abandonner le combat. Ça durait le temps que ça durait mais cela se terminait toujours par la capture d'une bête, rarement des deux. Ses gants de papier étaient en charpie. Il s'en débarrassait prestement avec des mouvements de chat. Alors commençait la torture. Il faisait prendre à sa victime des positions dégradantes. En général la tête entre les pattes de derrière. A ce stade-là, la chatte se laissait faire, elle couchait ses oreilles, sortait ses griffes, et émettait des grognements de haine. Une fois qu'il était parvenu à l'humilier comme ça — en gros son museau écrabouillé dans son trou de cul — il la flattait à coup de grandes caresses récurrentes. Il serrait les dents, assouplissait les doigts de sa main libre, les allongeait puis il les faisait aller et venir, par saccades, sur les poils hérissés de la chatte. Enfin il la lâchait et ne s'en occupait plus, il ne la regardait même pas fuir.

C'était un spectacle laid, très laid et qui, pourtant, était nécessaire. Lola ne savait pas pourquoi il était nécessaire. Pendant tout le temps que durait la chasse elle éprouvait de la répugnance, elle se disait : « C'est terminé, je ne veux plus le voir, il est immonde. » Et, finalement, malgré la soumission de la chatte, ou peut-être à cause d'elle, elle éprouvait un soulagement, une sorte de satisfaction. Tout recommençait. Ils ne faisaient pas de commentaires.

Ambiguïté de la soumission. Perversité du sacrifice consenti. Les chattes ne prenaient aucun plaisir à ses caresses. Lui, il savait qu'à un moment elles préféreraient abandonner plutôt que de poursuivre encore le sauve-qui-peut absurde. Elles étaient plus lestes que lui mais elles se lassaient du chassé-croisé à travers les quarante mètres carrés de la pièce. Elles se lassaient de cette agitation et de l'obstination du maître, elles se laissaient capturer afin de retrouver la vie silencieuse et mystérieuse qu'elles menaient dans les pénombres de la maison. Il le savait mais il préférait jouir de leur capture comme d'une victoire. Personne n'était dupe, ni lui, ni elles, ni Lola...

Les siamoises sont mortes. Ensuite le Professeur a eu de nouvelles chattes, des chattes de gouttière, offertes par quelqu'un. Il ne les a pas beaucoup remarquées. Au commencement il a vaguement essayé de les torturer, puis il ne s'en est plus du tout occupé. Peut-être parce que ce n'étaient pas des chattes de race. Peut-être parce qu'elles étaient plus saines que les siamoises. Peut-être parce que quelque chose a cédé en lui : un affaissement. Elle ne savait pas. Elle a essayé de savoir, elle lui a demandé pourquoi il ne jouait

plus avec ses chattes. Il a répondu :
« Elles sont idiotes. » Il n'avait pas envie
d'en dire plus. Mais il s'est mis à parler
d'un chat qu'il avait possédé, dans le
temps, un chat qui s'appelait Berlingot.
« Tu le torturais aussi ? — Il ne se laissait
pas faire. Il courait des jours entiers, il ne
rentrait que pour bouffer et dormir. Il se
battait. Il était épuisé, il puait, ses oreilles
étaient déchirées. Une fois repu et reposé,
il refoutait le camp. Il savait ouvrir les
portes. Il ne se laissait pas faire. Un jour
il n'est pas revenu. » Lola a compris que
le chapitre des chats était clos, que, au
fond, tout se résumait à Berlingot. Le
souvenir de Berlingot s'était peu à peu
effacé et les chats n'auraient désormais
plus aucune importance pour lui.

Lola se lève, elle décide de marcher un
peu, elle va faire le tour de la maison. Elle
a reconnu sa duplicité mais elle ne veut la
considérer que sous un angle défensif.
Aujourd'hui elle admet que c'est sa meilleure arme, qu'elle s'en est toute sa vie
servie pour agresser. Elle se pose en victime, on la plaint, et ensuite elle attaque.
Elle a toujours fait ça. Pourquoi ?

Lola constate avec agacement que,
finalement, elle est conventionnelle... Des
femmes comme Jeanne d'Arc, Jeanne
Hachette, etc. étaient des viragos. Les
femmes ne se battent pas ouvertement... Et

pourtant... Elle est sur le point d'admettre ce qu'elle n'a jamais voulu admettre : sa violence.

Lola pense à son père. Cet homme lui a manqué. Elle n'a jamais connu l'autorité d'un père ni la protection d'un père. Il n'y a pas eu d'homme près d'elle dans sa jeunesse. Elle n'a jamais eu aucun repère masculin. Seulement des femmes qui lui apprenaient à être une femme, une femme douce, une femme patiente...

Quand elle a rencontré le Professeur elle a cru, à cause de la différence d'âge, qu'elle avait enfin trouvé un père. Elle s'était trompée : le Professeur était un enfant. Le Professeur mettait ses vêtements de travers, souvent devant derrière, il ne laçait pas ses chaussures ou mettait le soulier gauche au pied droit... On avait dit à Lola que son père était un homme méticuleux qui prenait soin de ses affaires. On lui avait dit aussi que son père était beau, le Professeur était laid...

Le visage du Professeur était immense, flanqué de deux oreilles plates, l'une d'elles n'était même pas ourlée. Ses yeux étaient minuscules, enfouis dans des replis de chair. On le croyait assoupi, loin des autres. Lola savait qu'il ne dormait pas. Souvent elle avait surpris son regard : une fente mordorée et alerte. Elle savait qu'il était sans cesse aux aguets et que ses yeux voyaient tout, aussi bien ce qui était visible que ce qui ne l'était pas. Il avait le goût du caché, du mystère, le goût de ce qui est en dessous, de ce qui se mijote, une dilection pour les fermentations.

Du reste, lui-même était en constante gestation; de son abdomen rebondi venaient constamment des bruits de gargouillis indiquant une intense agitation intérieure, des cavalcades, des aboiements, des appels flûtés. L'homme ne s'en inquiétait pas, il dédaignait ses manifestations internes et conservait à leur égard le même flegme qu'il avait vis-à-vis de ce qui se passait autour de lui.

Lola se souvient du jour, il y a très longtemps, où il avait prétendu souffrir du ventre; mais comme rien dans ses expressions ou dans son comportement n'indiquait la souffrance, elle pensait qu'il disait ça pour la faire rester. C'était un dimanche, elle ne pouvait pas être avec lui, elle devait aller s'occuper de ses enfants. Elle a dit : « Téléphone à un docteur, moi je ne peux rien faire. » Il lui avait obéi et une heure plus tard elle était de retour. Elle l'a trouvé dans l'entrée, en compagnie d'un médecin qui avait diagnostiqué une crise d'appendicite aiguë. Il l'attendait, il ne voulait pas aller à l'hôpital sans elle.

On l'avait opéré d'urgence. Ça avait duré longtemps. On était venu la chercher après : le chirurgien voulait la voir. Le Professeur était en salle de réanimation. Une fois assise en face du chirurgien celui-ci a demandé à une infirmière de lui apporter « le bocal ». L'infirmière est revenue tendant à bout de bras une sorte de pot à confiture rempli d'un liquide transparent dans lequel baignaient trois « choses » noires, des sortes de méduses que les mouvements faisaient bouger, des morceaux de voiles épais, des lambeaux de draperies veloutées, un peu comme ces champignons que l'on trouve dans la cuisine chinoise. Elle n'était pas surprise, elle devinait qu'ils avaient trouvé ça dans le ventre du Professeur. Soulagée elle pouvait enfin contempler trois de ces bêtes qui se battaient bruyamment, elles avaient visiblement succombé à quelque règlement de comptes. Devant le manque d'étonnement de Lola le chirurgien avait déclaré sèchement : « Voilà son appendice, Madame, sectionné en trois morceaux par la pourriture. J'ai dû ouvrir largement pour les extraire et vérifier qu'il n'y en avait pas d'autre. Je vous préviens devant témoin, car je ne tiens pas à ce que vous vous plaigniez par la suite de la taille de la cicatrice. Depuis combien de temps souffrait-il ? Il y a des années certainement que son appendice était infecté pour en être arrivé à cet état de décomposition. — Il ne s'en est jamais plaint. » Le chirurgien ne l'a pas crue et il

l'a regardée avec cette expression parti-
culière que prennent les hommes quand
ils se trouvent confrontés à une femme
dont ils soupçonnent qu'elle tient mal son
ménage...

Tout en rêvassant Lola avait fait un
bout de chemin. Elle était maintenant sur
la colline qui domine sa maison. Elle la
voit, elle la trouve belle. Mais comme elle
l'avait fait plus tôt avec « sa » famille,
elle trouve que ce possessif ne correspond
pas à la réalité. Ces bâtiments constituent
« sa » maison parce qu'elle les a achetés,
mais ce lieu ne lui appartient pas, elle
considère qu'elle en est la gardienne, c'est
tout.

Elle pense que sa vie s'est conduite
toute seule, qu'elle ne l'a pas dirigée. Elle
se demande ce que serait sa vie s'il n'y
avait pas eu la guerre d'Algérie, si ses
racines n'avaient pas été coupées. Est-ce
qu'elle serait comme elle est aujourd'hui :
flottante, étrangère ?... Elle n'en sait rien
et de penser à ça ne change rien. Sa vie
est ce qu'elle est voilà tout, et c'est bien
comme ça.

Elle reprend sa promenade. Elle rentre...

Elle avait mis toutes ses économies
dans l'achat de cette bastide provençale.

C'était l'été où le Professeur avait été invité à Avignon pour faire une série de conférences sur le théâtre chinois. Lola l'avait accompagné et elle en avait profité pour se promener seule, en auto, du côté du mont Ventoux. Elle avait trouvé le pays beau. Le lendemain elle y était retournée et, dans un petit village, elle s'était arrêtée devant une porte qui portait une plaque de cuivre où était gravé : « Notaire ». Elle avait demandé s'il y avait quelque chose à vendre. On lui avait montré la maison et elle l'avait achetée. Elle n'en a pas parlé au Professeur. Plus tard elle l'a dit à François : « J'ai acheté une maison en Provence. » Ça ne l'a pas intéressé. C'est à cette époque qu'elle a commencé à écrire le texte intitulé « Loterie ». Et puis elle l'a abandonné.

Lola a souvent essayé de comprendre ce qui lui avait pris le jour où elle avait acheté la maison. Pourquoi cette maison ? Pour y reconstituer l'Algérie ? Pour y reconstituer une famille ? Pourquoi ?

Lola se disait qu'elle s'était offert un bout d'Algérie, que l'Algérie lui manquait moins depuis qu'elle avait acquis cette terre. Quant à la famille... Lola avait eu envie d'avoir un petit dans le ventre, de le nourrir avec le lait de ses seins... Mais la famille ce n'est pas ça. La famille c'est un gouvernement, ça a des lois, des interdictions, des vacances, des obligations, des devoirs, des permissions, des jours fériés ; une famille c'est une entreprise, ça se programme, ça se gère. Avait-elle eu ça ? Non.

Alors pourquoi avoir acheté cette maison ?

Lola hâte le pas. Une pensée lui est venue qui la gêne, qu'elle n'ose pas exprimer... Elle s'arrête... Elle repart. C'est clair pourtant : elle voulait être seule, chez elle, ne plus dépendre d'un homme, d'un enfant, ne plus dépendre de personne...

Le Professeur est sur son divan. Lola voit ses belles mains. Elle reconnaît une trace rosâtre sur l'une d'elles : la cicatrice d'une griffure de chatte qui s'était infectée il y a longtemps.

Elle va partir, elle va le quitter. Mais parce qu'elle est chez lui, parce qu'il est là en face d'elle, parce que cet homme et cette maison ont été son port, une sorte de chagrin flotte en elle, sa gorge est serrée et ses yeux piquent.

Il est cinq heures de l'après-midi. C'est triste. Déjà dans son enfance elle n'aimait pas les heures des fins d'après-midi. Triste partout cette lumière, triste en Afrique du Nord, triste en Amérique du Nord, triste à Paris. D'une tristesse violente. Elle se souvient quand elle rentrait de classe avec son cartable plein de devoirs à faire, de leçons à apprendre : de l'écriture, du calcul, de la lecture, à faire, des histoires d'électricité, de géologie, à faire, des muscles, des moteurs, à faire, des morts, des mots, à faire. Des voix de femmes parlaient doucement dans la lingerie qui sentait la lessive et le repassage. Le goûter était prêt dans la cuisine vide. Par les fenêtres elle voyait la terrasse où finissaient de sécher des draps. Elle voyait les martinets dans le ciel. Ils tournaient en rond et piaillaient, on aurait dit qu'ils donnaient l'alerte. Ils volaient haut : il ne pleuvra pas. C'était triste.

Le Professeur aimait faire l'amour en fin d'après-midi dans la chambre aux volets clos. Lumière douce, niant l'heure, faisant croire que c'était la nuit. Mais par les lattes des volets passent les lueurs dorées, vieil or, de l'après-midi qui s'achève. L'homme nu sur le lit, son sexe bandé. Faire l'amour entre cinq heures et six heures, c'était triste. Il faudra après que Lola coure parce qu'elle aura pris du retard, il faudra acheter de quoi faire le dîner des enfants dans les magasins pleins d'électricité. Ce sera gai...

Il est là, sur son divan. Lola sait qu'elle ne reviendra jamais ici, que c'est la dernière fois qu'elle le voit chez lui...

Lola a su très vite que le Professeur avait eu, comme elle, une histoire lourde

113

avant de la rencontrer. Le Professeur, au premier regard, avait compris qui était Lola. Ils savaient, mais ils ne parlaient jamais de leurs existences. Lola a vécu toutes ces années comme si elle était en marge de sa vie. Elle entrait chez le Professeur, elle travaillait avec lui, elle faisait l'amour avec lui. Ils étaient tous les deux seuls avec leurs pages, avec leurs sexes. Chaque jour venait un moment où Lola savait qu'elle devait partir, qu'elle avait une autre vie à vivre. Pendant des années cela s'est fait simplement, facilement. Mais quand ses enfants sont devenus adultes, qu'ils ont commencé leurs vies, elle a eu peur. Elle a imaginé ce que serait son existence bientôt : toujours entre deux hommes, dépendant de leurs désirs. Elle n'a plus supporté le Professeur. Elle devait le laisser. C'est à cette époque qu'elle a acheté la maison de Provence.

Il est là sur son siège, ses chattes se sont fait les griffes sur le cuir. Elles se sont tellement acharnées qu'elles l'ont crevé, elles y ont fait des trous par où passe du rembourrage laineux. Lola pense que c'était du beau cuir épais et souple, que c'est du gâchis, elle pense au prix de ces sièges. Après tout elle s'en fout maintenant, c'est chez lui, ce n'est pas chez elle, ça ne la regarde pas.

Ça ne la regarde plus.

Elle voit les griffures, elle voit l'acharnement des bêtes, à l'angle du dossier, tout près de l'endroit où il appuie sa tête. Elle connaît le bruit que font les bêtes quand elles s'y mettent, elle l'a entendu mille fois, dix mille fois. Elle est à côté de lui, au bout du grand divan. Elle le regarde, elle regarde le cuir abîmé et parce qu'elle s'est dit « ça ne me regarde plus », elle évalue la distance énorme qu'il y a ce jour-là entre eux. Elle évalue le temps, les jours empilés en semaines, en mois, en années, presque deux décennies. Il a fallu tout ce temps pour que le fauteuil massacré ne la touche plus.

La passion que Lola a eue pour cet homme ressemble à une orchidée, une fleur rare. Elle n'a jamais vécu dans un pays où poussent naturellement les orchidées, elle ne les a vues que chez les fleuristes : belles, étranges, chères, ne ressemblant à aucune autre fleur occidentale.

Ses relations avec le Professeur étaient bizarres. En dehors du travail qu'il lui demandait il n'exigeait rien, mais il aimait qu'elle soit là. Il voulait une présence, pas spécialement la présence de Lola, une présence c'est tout : comme un enfant réclame sa mère. Elle pouvait l'aimer comme elle le désirait, à sa manière à elle, il se laissait faire, l'essentiel était qu'elle soit là. Elle, elle profitait de cette liberté, elle se laissait aller à ses phantasmes. Elle a joui comme elle n'avait jamais joui. Lui, il bandait toujours. Elle l'a soupçonné de prendre des pilules. Elle l'a interrogé. Il a répondu que non, qu'il n'avait jamais eu de problème avec l'érection, qu'il avait toujours bandé à volonté et ça depuis son plus jeune âge. Il pensait que c'était peut-être à cause de sa nourrice chinoise qui le branlait, qui le suçait, pour le bercer et l'endormir. « Toutes les Chinoises font ça, disait-il. — Et ta mère la laissait faire ? — Ma mère était folle. »

Autant son visage était laid, autant son sexe était beau, doux... énorme. Lola s'est beaucoup amusée avec ce jouet, puis elle s'est lassée.

La solitude. Quand elle vivait l'amour avec le Professeur, elle ne ressentait pas la solitude. Le mot habite son esprit. Elle hésite et puis elle admet qu'elle aime être solitaire et qu'elle déteste être seule. Ce qu'elle déteste c'est l'abandon...

Elle se décide enfin :
— Je suis venue te dire que je ne reviendrai plus, que je ne te reverrai plus. C'est fini.
Elle se lève. Lui :
— Tu me téléphoneras ce soir ?
— Non.
— ...

Elle a fini son tour. Elle arrive à la maison en même temps que la camionnette de l'entrepreneur, un petit homme mince aux cheveux frisés. Lola l'aime bien.

Ils se saluent. Lola dit : « Vous êtes venu quand même, c'est gentil » et lui répond : « Je suis venu parce que c'est vous. » Ils se regardent en souriant et il va inspecter la tonnelle. Lola reste dans la cour, elle le regarde faire. Il est compétent, elle le sait.

Il sort de la poche de son pantalon un mètre, un de ces rubans métalliques qu'on tire et, quand on a fini de mesurer, on le lâche, alors il réintègre à toute vitesse la boîte carrée dans laquelle il était lové. Sa rapidité est dangereuse, il peut couper... comme les murènes...

Les murènes sont les serpents de la mer.

Lola n'oubliera jamais la première paire de lunettes sous-marines qu'elle avait reçue en cadeau pour ses dix ans. Elle aimait nager sous l'eau, mais elle y voyait mal et l'eau salée lui brûlait les yeux, après ils étaient tout rouges. Avec ses lunettes tout était clair, c'était beau. Mais, alors, elle a pu voir les murènes. Ces longs poissons se cachaient dans les anfractuosités des rochers ne laissant apparaître que leurs têtes, leurs yeux qui étaient constamment aux aguets ; leurs gueules pleines de dents s'ouvraient et se fermaient sans cesse, méchantes. Lola en avait peur. Il ne lui est arrivé qu'une seule fois d'en apercevoir une tout entière, de loin. Un long ruban qui ondoyait à la manière des serpents. Elle est remontée à la surface le plus vite qu'elle a pu, a nagé vers la plage où elle s'est allongée à plat ventre dans le sable tiède, jusqu'à ce que son cœur cesse de battre. Ensuite elle n'est jamais retournée seule vers les fonds où elle avait vu la murène...

Lola est tirée de sa rêverie par la sonnerie du téléphone et l'entrepreneur qui crie en même temps : « Madame Lavoie, le téléphone sonne ! »

Elle grimpe les marches, traverse la terrasse, entre dans la maison. Elle ne se hâte pas : les gens qui connaissent le lieu savent qu'il est vaste et que Lola est souvent dehors : ils laissent sonner.

Au passage elle s'adresse à l'entrepreneur, fait un geste pour indiquer un endroit, elle dit : « C'est surtout ce coin-là, vous l'avez vu ? »

Elle va jusqu'à son bureau, décroche le téléphone. C'est François. Il est à Paris, à l'aéroport, il arrive de Pologne, il sera là cet après-midi, à Avignon, à 17 h 22 exactement. « J'ai plein de cadeaux pour toi. Tu vas voir ce que tu vas voir. »

Après, elle reste un instant assise

devant son bureau. Elle admet qu'elle a eu du plaisir à entendre la voix de François... Elle admet qu'elle éprouve de la joie à l'idée qu'elle le verra ce soir... Par la fenêtre de son bureau elle voit les frondaisons des chênes qui poussent derrière la maison, elle voit aussi le grand cyprès... Il y a une minute, elle a pensé qu'elle détestait l'abandon. Dans le couple qu'elle forme avec François lequel a abandonné l'autre ? C'est elle. « Alors, ça, c'est la meilleure de l'année. » Oui, c'est elle. Elle voulait qu'il soit un père et lui, il voulait être un amant... ce problème ne sera jamais réglé... trop tard...

« Madame Lavoie ! » L'entrepreneur veut lui parler de la tonnelle. Il demande à Lola de venir avec lui, dehors. Elle le suit.

— Madame Lavoie, votre tonnelle est vieille. Il vaudrait mieux la supprimer et la remplacer par une neuve... Mais pour la supprimer il faudrait aussi supprimer les bignonias, ce serait dommage ils sont magnifiques... Alors, moi, je vous propose de faire du rafistolage, par exemple renforcer ce coin, et puis aussi là et là — il montre du doigt certains endroits. Qu'est-ce que vous en pensez ?

— Je pense que ce serait bien. Est-ce que c'est possible ?

— C'est possible parce que c'est vous...

Pour moi c'est autant de travail que de vous en faire une neuve et ça ne me rapportera rien... C'est pour vous.

— Vous êtes gentil. J'accepte votre proposition. Mais ça tiendra combien de temps ce rafistolage comme vous dites ?

— Oh, ça tiendra aussi longtemps que nous.

Il sourit et Lola rit : ils savent qu'il a au moins trente ans de moins qu'elle. Il rejoint sa voiture et avant d'y entrer il dit : « Je vous enverrai un ouvrier la semaine prochaine. »

Lola reste seule au milieu du chemin.

Il fait beau, le ciel est bleu, entièrement. Sauf un point gris-noir qui bouge lentement tout là-haut, très haut. Elle imagine que c'est un gypaète, un de ces aigles qui nichent dans le Ventoux. Il en reste très peu. Au village on dit qu'il n'y a plus que deux couples, peut-être trois. De grands oiseaux rapaces. En fait, les gypaètes sont des charognards, des hyènes du ciel, ils se nourrissent de cadavres...

Lola se souvient des cris des hyènes, de leurs rires, la nuit, à Chréa. Sa famille y allait souvent l'été parce qu'il y faisait moins chaud qu'à Alger, et aussi l'hiver parce qu'il y neigeait parfois.

Aller à Chréa c'était aller dans un conte de fées, dans un de ces contes où il y a des princesses et des princes, et aussi des sorcières, des monstres, des enchantements et des sortilèges. C'était un lieu magique : un petit village de chalets éparpillés dans une forêt de cèdres. Tout près de la ville et très loin d'elle aussi, parce que les contreforts de l'Atlas s'élèvent brutalement jusqu'à plus de mille mètres. En une heure de temps on passait des plages surpeuplées de la côte à une solitude montagnarde. Les chalets étaient éloignés les uns des autres, il n'y avait pas de voisins, personne, seulement les beaux cèdres, en armées, partout, dégringolant les pentes abruptes dont le sol était couvert des aiguilles glissantes tombées de leurs branches. Une forêt embaumée, serrée, où régnaient les mystères. La nuit, les loups hurlaient, les hyènes ricanaient. Parfois les meutes se livraient des batailles. Les loups gagnaient toujours. La petite Lola était à l'abri dans le château, endormie dans son lit de princesse. Belle. Pure...

Lola a chaud, elle fait quelques pas, va se mettre à l'ombre d'un marronnier. Elle a envie d'aller plus loin dans sa rêverie, d'être encore la belle princesse endormie dans son château, ou dans son cercueil de verre, attendant que le Prince Charmant la sorte de la mort, puis qu'il la prenne dans ses bras et commence avec elle une vie enchantée... Elle s'adosse à l'arbre, sent, à travers son vêtement, le lisse, le rugueux, le dur du tronc. Elle sort alors de ses rêves, elle dit : « Quelles imbécillités ! Pourquoi, dans mon inconscient, ces images idylliques sont-elles restées intactes ? Quelles niaiseries !... »

Lola pense qu'elle ne sait pas qui elle est. L'image qu'on lui a imposée dans son enfance, et à laquelle elle a voulu se conformer, est établie si profondément dans son esprit que, maintenant, à la fin de sa vie, elle ne sait plus si cette image est elle ou n'est pas elle. Elle est souvent en porte-à-faux, souvent elle accomplit des actes qu'elle ne se croyait pas capable de faire, souvent elle se surprend, elle se choque.

Elle voit le ciel et l'aigle dans le ciel. Il s'est rapproché. Il est grand mais pas aussi grand qu'un gypaète, c'est un vrai rapace, il chasse, il a repéré une proie, probablement un nid plein d'oisillons ou d'œufs. De la forêt qui frange la colline sortent des oiseaux : des corbeaux, des pies, toutes sortes d'oiseaux. Lola les regarde, elle ne les a jamais vus se comporter comme ils le font en ce moment : ils battent des ailes, ils essaient d'attirer l'attention de l'aigle, ils tournent autour de lui et, imperceptiblement, l'aigle change sa trajectoire. Il feint l'indifférence, il descend plus bas, encore plus bas, pourtant il s'éloigne des arbres.

Alors les oiseaux l'attaquent. Ils sont beaucoup plus petits que l'aigle mais ils l'attaquent quand même. Ils s'y mettent à cinq, six, dix; Lola ne parvient pas à les compter tant ils s'agitent, montent, descendent. Ils se relaient, vont et viennent sans cesse entre les arbres où ils nichent et le prédateur finalement abandonne. Lentement il prend de la hauteur et, à grands coups d'ailes, méprisant, va rejoindre les sommets.

Lola a assisté à cette guerre. Quand tout rentre dans l'ordre, que l'aigle a rejoint le mont Ventoux et les oiseaux leurs nids, elle éprouve une joie très grande à l'intérieur d'elle-même. Elle a une certitude : elle est un oiseau, pas un aigle.

Elle n'analyse pas ce choix, elle ne pense pas à ça. Elle pense que le temps a passé et que c'est déjà l'après-midi. Elle remonte vers la maison. Chemin faisant elle compose le menu de ce soir. Elle va acheter ce que François aime : des huîtres pour commencer, du champagne...

Et puis elle va refaire tous les bouquets de la maison.

Elle n'a pas une minute à perdre.

Composition réalisée par EURONUMÉRIQUE

IMPRIMÉ EN FRANCE PAR BRODARD ET TAUPIN
La Flèche (Sarthe).
N° d'imprimeur : 1421 – Dépôt légal Édit. 1907-04/2000
LIBRAIRIE GÉNÉRALE FRANÇAISE - 43, quai de Grenelle - 75015 Paris.
ISBN : 2 - 253 - 14776 - 1